そうだ、やっぱり愛なんだ

50歳からの幸福論

柴門ふみ

角川文庫
20742

そうだ、やっぱり愛なんだ——50歳からの幸福論

はじめに

「愛」が、私にチカラを与えてくれた

一九七〇年代。それは、ラブ＆ピースの時代でした。

一九五七年生まれの私は、まさに青春時代をラブ＆ピースで過ごしました。人生で一番大切なものは、「愛」。そして地球に平和を。私は、思春期のピュアで柔らかな頭をその思想で染めてしまった人間なのです。以降、二十〜三十代、ずっとその信念のもとに行動し、作品も描き続けていました。

しかし、それが良かったのか悪かったのか。ある頃から、少しずつ揺らぎ始めてきました。年を重ね、経験を積むと、人生はそんな単純なものではないと、身に染みてわかってきたからです。

どんなに愛情を注いで育てても、子供はやがて親から離れていきます。二人の子供

が親離れし巣立っていった時期、わかっていても寂しさに押しつぶされそうになりました。

また、愛する気持ちだけでは乗り越えられない困難や、人間の力ではどうすることもできない病気や災害を、私自身も人並みに味わいました。そんな時は、「愛」を口にすることさえ恥ずかしい——と思ったりしたのです。

五十三歳の夏、私の左胸に乳がんが見つかりました。幸い検診で見つかった初期のものでしたが、それでもそれまで大病したことがなかった私は、「がん」という病名に怖《お》じ気《け》づき、恐怖に震えました。私の本性は、とても臆病《おくびょう》で小心者なのです。

手術前に医師から、

「まれに進行の速いものがあり、その場合、ステージ1でも五年生存率が下がる」

と、説明を受けました。そのとたん、漫画家特有の妄想力が暴走し、自分はその「まれ」なケースに違いないと私は思い込んでしまったのです。

その日から、まるで真っ暗な谷底に突き落とされたような気分が続きました。精神的にどん底にあったといってもいいでしょう。

そんな精神状態のまま、手術の日を迎えました。

「麻酔が効いて、あっという間に手術は終わるから平気よ」

同じ病気を経験した友人からアドバイスを受けていました。だとしても、ベッドに寝かされて麻酔を打たれるまでの時間、その恐怖に私は耐えられるのだろうか？　手術中に進行性の速いがん細胞に刺激を与えて、それらを一気に増殖させてはしまわないだろうか？

麻酔だって使い方を間違えば、このまま息が止まってしまうかも。

そのような素人考えの恐怖が一気に私に襲いかかってきました。

手術服に着替えてベッドに寝かされ、手術室に運ばれた私は、このつらい時間から逃れるために、私の大切な人の顔を、一人ひとり思い描くことにしました。しかも、思いっきりの笑顔の表情を浮かべた彼（彼女）らを。

するとその瞬間、ふうっと恐怖が遠ざかっていきました。大切な人達の笑顔が、私に光と温《ぬく》もりと希望を与えてくれたのです。この人達のために生きなきゃ、とエネルギーまでもわいてきました。

その時です、

「そうだ、やっぱり愛なんだ」

私は改めて確認したのでした。

幸い、手術も成功、予後も順調。今は再発予防の薬を飲み、定期的に検診に通うだけです。

築いたキャリアも、多少の預貯金も、まったくなんの役にも立たない手術台の上で、「愛」だけが私にチカラを与えてくれたのです。

だから今後、老いてゆく日々においても、救ってくれるものは、やはり「愛」しかないと、私は確信しているのです。

柴門《さいもん》ふみ

目次

第二章　オバサンを楽しむ

第三章　ひとり時間を楽しむ

第四章　小さな幸せの見つけ方

第五章　思い出にひたる幸福

第一章　そうだ、やっぱり愛なんだ

人生五十年以上生きてきて、改めて思うのは、人生の土台は、「愛」であるということ。

愛があれば、嫌なことも乗り越えられるし、毎日が輝き出す。

私が愛しているものは、〈家族〉〈友人〉そして〈表現すること〉だと、今さらながら気づいたのである。

根底に〈愛〉があれば

ショールームで働く自分を想像してみる

家を新しく建てようと思い、キッチンや浴槽のショールームをあちこち覗《のぞ》いている。注文建築なので、蛇口の一個までこちらで選択しなければいけない。しかし、シャワー器具ひとつとっても上は五十万から下は三万円台までと、幅広いにもホドがある。とても私の手には負えないので、ショールームの案内係のお姉さんに説明してもらうことにした。

すると、こちらのどんな質問にも瞬発的に答えてくれる。省エネタイプの便器の電気代から、三段切り替えシャワーヘッドの耐用年数まで。彼女の頭にはそのショールーム内のありとあらゆる商品のすべてが頭にたたき込まれているのだ。

笑顔を絶やさずキビキビと動き、しかも説明も合理的で無駄がない。

「仕事ができるとは、こういう女の人のことをいうのだろうなあ」

私は感心した。

私は、ショールームで働く自分を想像してみた。今の年代の自分では無理なので、二十代に戻ったと想定して考えてみる。

若い頃は記憶力には自信があったので商品知識を覚えることはできるだろう。初対面の人に話しかけることは苦手だけど、相手の質問に答えることならできそうだ。でも、もともと人見知りするタイプだから、三日で疲れ果ててしまうに違いない。それより何より、

「蛇口の品番と性能を覚えて、それをお客さまに伝えることに自分の人生の時間を費やしていいのか？」

という疑問にぶち当たりそうである。

おもしろそうだけど、毎日は無理

私は大学生時代、学校を卒業したらどうしようかと考え、町で目につくあらゆる職業に自分を当てはめてみたことがある。

トンカツ屋でトンカツを揚げてる自分。

新幹線でワゴンを押しながら、乗客にコーヒー・お茶・お弁当を販売する自分。

デパートの中で、各階フロアの内容をお知らせしながらエレベーターのボタンを押し続ける自分。

その結果、

「おもしろそうだけど、毎日は無理かな」

という結論にいつも至った。

就職とはそんな生やさしいものではなく、こちらが希望しても就けるものではないと思い知らされる前に、私は妄想の中で挫折《ざせつ》していた。

私が毎日続けられることは何だろう？

それは〈漫画を描くこと〉だった。

漫画だけは一日十時間でも描き続けられた。その間、おいしい物を食べに行くことも、友人と買い物に行くことも、デートもできなかった。けれど、〈自分の人生の時間を無駄遣いしている〉とは決して思わなかった。

〈愛〉しかない！

有名になりたいとも、お金持ちになりたいとも作画中はまったく考えない。ただただ、描くことが楽しかったのだ。

それは〈天職〉などという大袈裟《おおげさ》なものでなく、〈漫画〉を愛していたからなのだと、今ようやくわかった。

子供達が小さかった頃、朝六時に起きてお弁当を作り、夕方六時には仕事場から自宅に戻って夕御飯を作り続けていた。そんな生活を二十年続けて体力的にはキツかったけれど楽しかった。

それは〈子供〉を愛していたから。

おそらく、ショールームの有能なお姉さんも、〈商品説明する仕事〉を愛しているのだろう。〈愛〉があるからエネルギーがわき、毎日続けられるのだ。

人間が利益や損得を超えて行動するには、〈愛〉しかないのだ。

根底に〈愛〉があれば、面倒くさいな、嫌だなといった否定的な気分を易々と乗り越えられるのだから。

人生五十年を過ぎて、ようやくそんな単純な原理に気づいたのである。子供達も独立し、母親に見向きもしてくれないが、それも良しとして見返りを求めないのもまた〈愛〉なのだ。

感謝！　感謝！　感謝！

テレビ出演のあと美術館へ

その日はNHK・BSの番組に出演するために朝からテンパっていた。めいっぱいオシャレをして背筋を伸ばし、慣れぬ仕事をとにかくミスなくやり遂げようということだけで頭がいっぱいだった。

ひとりでテレビカメラの前に立つのは不安なので友人A子に付き添ってもらうことにした。収録は午後一時からだったので、彼女とは十二時に待ち合わせ、軽いランチをとったあと、一緒にスタジオに向かった。

「収録終わったあと、一緒に晩御飯も食べようよ」

彼女に誘われた。

「うん、いいよ。でも収録は三時には終わるけど、晩御飯までは時間あるよね」

私は答えた。すると彼女は、

「美術館にでも行こうか」

それで、収録後ルノワール展を見にゆくことにした。

番組収録は無事終わり、私は結構へとへとだったのだけれど、彼女に付き合ってルノワールの絵を鑑賞した。気張って七センチヒールを履いていたため、見終わったあとは足がじんじん痺《しび》れ、晩御飯食べたら早く家に戻ろうと考えていた。A子の携帯が鳴った。

「じつは、B子ちゃんも食事に誘ってたの。そしたら彼女もくるって」

B子ちゃんとは二人共通の友人である。そして彼女はもうすでにお店で待っているという。そこで、私達は足早にお店に向かった。


予期せぬサプライズパーティー！


予約したのは中華料理店の個室であった。私達の到着を待ちかねるように、B子ちゃんが個室のドアから顔を出していた。

「ごめんね、B子ちゃん、遅くなっちゃって」

私はドアの中に足を踏み入れた。すると……。

その個室はパーティールームで、そこには私の見知った顔、顔、顔。

「お誕生日おめでとー」

の大唱和のあと、チェロの生演奏が部屋に鳴り響いた。

まったく予期せぬサプライズパーティーが始まったのである。

朝から付き合ってくれたA子が発案者。ルノワール展も時間稼ぎの策略。ここ十数年、家族にも祝ってもらってない誕生日。気がついたら私は泣いていた。

家族は一番大きな存在

夜七時から始まった私のサプライズ誕生パーティーには、懐かしい友人達が次々訪れてくれた。

「年をとったら、支えてくれるのはやっぱり家族より友人だわ、ありがとう！」

九時を回り、そろそろお開きの時間だと思った私はマイクを握って大絶叫した。すると、会場のドアが開き、夫と残業を終えた娘が入ってきた。

「今回のパーティーの費用は御主人が払ってくださったみたいですよ」

参加者のひとりが私に耳打ちした。

A子が発案者だが、彼女はそれを思いついてすぐに私の夫に電話して計画を打ち明けていたのだった。

その朝家を出るまで、何食わぬ顔だった夫。私は見事に騙《だま》されたのだった。

年をとって支え合うのは友人関係だけれど、年をとろうがとるまいが、家族がやっぱり一番大きな存在なのだと気づかされた夜だった。

集まってくれた友人の中の何人かは数年ぶりの再会だった。けれど何のブランクも感じず温かい交流が持てた。人は出会い関わり何かを共有して今に行き着いたのだということを私は改めて実感した。

この誕生日は、ここ最近で私が一番幸せな夜だった。

人は会わなくなっても、ちゃんと覚えていてくれているのだ。だから、私も遠く離れてなかなか会えない大切な人のことを、ずっと想っていよう、と考えている。

東京ディズニーランドと私の子離れ

年二回の「東京ディズニーランド」ツアー

私にとって第一子である長女が生まれたのは、一九八二年である。その翌年に、「東京ディズニーランド」がオープンした。

朝も昼もそして深夜まで、締切に追われ画を描き続ける漫画家夫婦であった私達に、子供を週末遊びに連れていってやる時間的余裕はなかった。夫は土日も休まず、私は日曜日だけ休み一週間溜《た》まった家事を片付けるだけでイッパイイッパイだったのだ。

しかし、その罪滅ぼしと言ってはなんだが、年に二回の「東京ディズニーランド」ツアーだけは、下の子が生まれてからも、ずっと続けた。子供と遊ぶのが苦手な夫も、自分が楽しめるディズニーランドだけは、嬉々《きき》としてついてきたのだった。地図を見なくても園内のどこに何があるのかがやっとわかってきた頃、

「ディズニーランドには友達と行くから、もう親とは行かない」

娘から宣言された。

二〇〇一年の「東京ディズニーシー」オープンには、夫と息子と私の三人だけで訪れた。宣言通り、娘は不参加だった。たったひとり家族が欠けただけで、私は、まるで背中から風が吹き抜けていってしまうような寂しさに襲われていた。何かを失ってしまった。新しいアトラクションを前にはしゃぐ夫と息子は、けれどちっとも私の喪失感に気づいていないようだった。

娘の親離れは加速していった。思春期に入ると、

「私の頭の中は、七〇パーセントが友達で、学校のことが二五パーセント、親なんか五パーセント以下だ」

そう言ったのである。

この一言は、こたえた。当時まだ私は仕事中窓を見て、雨が降れば子供が濡《ぬ》れやしないかと、風が吹けば寒くはなかろうかと、一日中子供を案じて暮らしていたのだ。娘の成長を認めたくない愚かな母であった。

いつまでも、ママ、ママと私の膝《ひざ》にまとわりつく幼子のまま閉じ込めておきたかったのだろう。

泣きながら母娘で向き合った日

美大を志望していた娘は、高校生の頃から美大受験専門の予備校に通っていた。毎日夕方から夜の十時ぐらいまで、高校の授業が終わったあと予備校のレッスンは続いた。

ある夜娘から、これから友人達と予備校の先生宅に泊まりたいと、電話がかかってきた。

「駄目です。戻りなさい」

私は、電話口で怒りを抑えつつ言った。高校卒業までは一切の外泊は認めないと、娘に言い聞かせていたからだ。

娘は、案の定不服そうで、先生に電話を代わると言った。

「お母さん、他のお友達も一緒ですし、ご心配されるようなことは何もありません」

予備校教師の声は誠実で、確かに何も起こらなそうではあったが、私は毅然《きぜん》として言った。

「ヨソは、ヨソ。ウチはウチ。ウチは娘に外泊させないルールですので、戻してください！」

おいヒロカネやっぱりウチに帰れ、という教師の説得に、ええ～っ、と不満を爆発させた娘の声が、受話器の奥から私の耳に届いた。

その夜、深夜帰宅した娘と私は、大声で怒鳴りあった。なんで他の友達はみんな泊まったのに、わたしだけ駄目なのよと怒る娘に、駄目なものは駄目と言い張る私。ずっと平行線のまま、互いに涙をぼろぼろこぼしていた。

泣きながら母娘で向き合ったのは、多分生涯でこの一回きりである。それまでは、口答えする娘に対し、

「お母さんの言うことが聞けないのなら、明日からはお弁当を作ってあげない」

そんな兵糧攻めのようなひどいやり口で、私は娘を封じ込めていたのである。

けれど、泣きながらも一歩も譲らぬこの日の娘に、

「この子も対等な、一個の人格なのだ。子供扱いはもうやめなければ」

そう私は決心したのだった。

憑《つ》き物が落ちた瞬間

一浪後無事娘は美大に合格し、大学のそばに下宿するために家を出ていった。下宿といっても都内だし、毎週末には戻ってくるだろうと、私はタカをくっていた。しかし、授業の課題を理由に、娘はまったく戻ってこない。

「たまには、家に戻ってきなさい」

「わかった、わかった。じゃあ来週は帰るよ」

三か月ぶりに戻ってくるという娘のために、私は彼女の好物を用意して帰宅を待った。しかし、いくら待っても帰ってこない。すると、娘から電話がかかってきた。

「ごめん、お母さん。やっぱり私今日は帰れない。用事ができちゃった」

その瞬間、私はブチきれた。

「戻ってくるっていうから、お母さん楽しみにして料理もいっぱい作ったのよ〜!」

感情を爆発させて電話口で怒鳴る私に対し、

「……連絡せずに戻らないのは悪いことだけど、私はこうして電話入れてるじゃない。〈楽しみに待った〉のは、お母さんの勝手でしょ」

娘は、冷静に答えたのだった。

なるほど、その通りだ。

その瞬間、私は憑き物が落ちた気がした。

泣きながらの大喧嘩《おおげんか》のあと、娘をひとりの人格として付き合おうと決意したつもりであったが、その時まで気持ちはまだまだ娘に依存していたのだ。子供のことが心配で心配で会いたくてしょうがないのは、〈母親の勝手な気持ち〉でしかないということ。こんな簡単なことに、どうして今まで気づけなかったのか。

恋人の帰りを手料理で待っていたけれど一方的に男にドタキャンされ、それをヒステリックになじる女を「馬鹿だなあ」とずっと思っていた。しかし私も、娘を相手にそれと同じことをやっていたのだ。

失恋をもって、私の子育て期は終了

そういうわけで、私の失恋をもって、子育て期は終了しました。

大学を卒業し、就職して社会人になった娘は、さらに〈大人〉になった。私や夫に対して気遣いの言葉までかけてくれるようになった。それはそれで、どこかよそよそしいような感じで、子供が甘えを捨てて完全に親から離れていった気がして、私はいっそう寂しい気持ちになっていた。

しかし、一年前のことだ。インターネットが苦手で、それでも時代に遅れまいと思った私は、SNSを少しでも学ぼうと、娘にツイッターを教えてもらうことにした。

携帯電話で設定してもらったのだが、どうも要領がうまくつかめず（リツイートって、何？）、アカウントを手に入れたものの、結局娘のフォロワーになるだけで終わってしまった。

自分からはまったく発信せず、ツイッターのこともやがてすっかり忘れてしまっていたのだが、ある日ふと思い出して、娘のつぶやきを読んでみることにした。すると、「あなたにとってお袋の味って何？　とよく聞かれるけど、子供の頃はずっとお母さんの作ってくれたものを食べてその味しか知らないわけで、だから私にとって〝お袋の味〟とは、お母さんが作ってくれた料理がすべて。どれもおいしかった」

このつぶやきを読んだとたん、私の目から涙がこぼれた。

あんまり嬉《うれ》しくて、私はこのことを友達に吹聴《ふいちょう》して回った。

すると、それがどこかで娘に届いたらしく、

「どうも最近母親が読んでいるようなので、ツイートの内容、気をつけねば」

そんなつぶやきが、更新されていた。

今のところ、まあ何とか、娘との関係は良好である。以前より実家に戻ってくるようにもなった。

まだ独身の娘に、

「早く子供産んでくれなきゃ、お母さんももうトシだから、孫の面倒みられないわよ」

そう言うと、

「あと、五年ぐらいは大丈夫でしょ。もうちょっと待ってて」

彼女は答えた。
孫とディズニーランドに行ける日が、いつくるのかな。

プレゼントの流儀

夫からのプレゼント、椎茸《しいたけ》と薔薇《ばら》

夫からの一番古いプレゼントは何だっただろうと、思い出してみた。

最初にもらったものは椎茸。三十年以上前、夫のプロダクションにアルバイトアシスタントとして雇ってもらった直後のことだ。

「親戚《しんせき》からたくさん椎茸もらったから、おすそ分け」

そういって、私の下宿まで箱詰め椎茸を届けにきた。肉厚の、いかにもうまそうな生椎茸だった。自炊生活する女子大生にとっては、ありがたい食材だったが、どういう風に調理したかは覚えていない。

そして、それから少し時間がたったある朝、私はアパートのドアをたたく音で起こされた。急いで開けると、薔薇の花束を手にした夫が立っていた。

「男から、薔薇の花をプレゼントされたことなんかないだろうと、思って」

椎茸と、薔薇。私が結婚前に夫からプレゼントされたものの中で、印象的なのはこの二つである。アクセサリー類は、一切もらっていない。

夫の合理的な優しさ？

そういえば、何をいただけるのかしらというドキドキ感で包みを開くプレゼントというものを、私は夫からもらったことがない。

夫という人は、とにかく合理性至上主義者なのである。多分、さんざん考えて選んだ挙げ句のプレゼントが、結局それほど喜ばれなかった時の骨折り損感が、堪えられないのだろう。

それは、私にも責任はある。私は根が正直で、お世辞もおべっかも一切言えず社交辞令も苦手。だから、意に添わないプレゼントをもらったら、「ふ〜ん」と、正直に気の無いトーンで返す。

「君は、どうせ俺が買ったものは気に食わないんだろ。だったら、金を渡すから自分の好きなものを買ってこい」

ある時そう言われ、その方式を現在も採用している。それはそれで、彼なりの合理的な優しさと言えなくもない。その話を女の友人にすると、

「そんなプレゼントって冷たすぎない？　ひどすぎるわ」

と言われたりするが、けれど、私達夫婦はこの流儀で三十年過ごし、喜びもない代わり大喧嘩もしないので、それが私達夫婦のプレゼントの在り様なのだろう。

夫婦の絆《きずな》とは

私のフォカッチャが、無い！

知人女性と私達夫婦でイタリアンを食べに行った時のことである。彼女はお腹いっぱいなのでコースのパンはいらないと言った。

お店の人に尋ねると、一皿にフォカッチャとバゲットと二個のパンがついているという。

「じゃあ、ボクのフォカッチャを一個さしあげますよ、パン食べましょうよ、一個なら入るでしょう」

夫がそう言い、彼女もそこまでヒロカネさんが仰《おつしや》るのならと、恐縮しながらも提案を受け入れた。

会話を交えて食事は進み、私はまずバゲットを食べ、そして次にフォカッチャに手を伸ばそうとした。

すると、無い、のである。私の好物で、あとで食べようと大切に取っておいたフォカッチャが。思わず私は叫んだ。

「私の、フォカッチャが、無いっ！」すると、

「ああ、俺喋《しゃべ》ってるうちに、つい自分のパン二個とも食っちゃったから、君のフォカッチャを彼女にあげたんだよ」

夫が涼しい顔で、事もなげに言う。思わず知人女性を見ると彼女の手には半分食べかけのフォカッチャが……。

申し訳ない、申し訳ないと、知人女性が食べかけのフォカッチャを私に差し出す。が、その場で慌てているのは彼女だけで、私は「ああ、またやってくれたな」と意識の底で軽くさらっと流し、夫も大騒ぎすることなど何ひとつ起きていないという表情のまま食事を続行したのだった。

夫婦間の暗黙の了解

本当に、夫に悪気は無いのだ。

私が翌朝の子供の弁当用にと冷蔵庫に作り置いたオカズを、夜中に帰った夫が食べてしまった時も。食パンの白い部分だけを食べて、堅いミミ部分を私に回す時も。

「昨日開けたワイン、まずかったから君、飲んでいいよ」などと言っても。無邪気にそうしているだけなのである。

新婚当初は、彼のそういった態度にいちいち腹を立てて注意したものだが、いくら言っても直らないので諦《あきら》めた。そうしたら、どうでもよくなった。

夫婦の絆とは、時間を積み重ねるうちに、他人がみたらとんでもない事象でも、

「この人はこういう人だから」

と、驚きもせず怒るでもなく暗黙に了解し合えることなのであろう。私以上に夫も、私のとんでもないところを諦め、了解してくれているはずだから。

母が伝えたかったこと

母の着道楽人生

私は、母から叱られたことと「勉強しなさい」と言われたことが、まったく無い。そう友人に話すと、例外なく驚かれる。高校時代、受験勉強している私に向かって、実際母はこう言った。

「身体を壊すから、そんなに勉強しなくていい」

母は、むしろ私が勉強することを阻止しようとしていたように思える。私が東京の女子大に通うため、故郷徳島を離れて下宿生活を始めた頃、

「勉強が嫌になったら、大学をやめ、四年たったら卒業したフリをして徳島に戻っておいで。誰も卒業証書見せろなんて言わないから、そのままこっちで結婚すればいい」

そう母に言われたのである。

たまに上京しては、デパートで洋服を大量に買って帰っていった。食べることや家を整えることよりも、母は着道楽を優先していたのだ。

それには、理由がある。母の家系は代々徳島の呉服屋だった。そのせいかオシャレが大好きなのだ。

祖父の代に紡績・縫製工場を興し、結構羽振りもよかった。母は三姉妹の真ん中で、祖父は娘達にそれぞれ婿養子を迎えて家業を継がせた。

なので、母は苦労知らずのお嬢さん人生だったのだ。だから、娘にも苦労させたくなくて、年頃になれば養子を迎え、徳島で着道楽人生を送ればいいと考えていたのではないだろうか。

馬鹿じゃないの。と、私は、母にずっと反発していた。徳島でオシャレするだけの人生などまっぴらだったのだ。

それはそれで幸せ

ところが、去年徳島の伯母《おば》の家を訪ねた時、思いもかけぬ言葉を聞いた。母の姉にあたる伯母が、私に母の子供時代の話をしてくれた。

「とにかく、運動も勉強も裁縫も何でもズバ抜けて出来ていたんよ。先生が、どこでも受かるから大学受験したらどうかと勧めてくれたのだけど、ジイチャン（母の父）が、他の姉妹が大学に行っていないのに次女だけ行かすわけにいかない。と言って、それは実現しなかったの」

言われれば、高等女学校卒の母は京大卒の父よりじつはずっと頭がよかったし、陸上で国体にも出ていた。つまり母は、大学に行かなかったけれど、徳島で着道楽人生を送るのも、それはそれで幸せなのだと、私に伝えたかったのではないだろうか。時代に与えられた境遇で、不平不満をこぼさず、幸せに生きる道を選択できる母は、案外すごい女性ではないかと、最近ようやく気づいた。

韓流《はんりゅう》ドラマが大好きで昭和六年生まれの母は、大量の洋服とともに、吉祥寺《きちじょうじ》の私の家で同居している。

第二章　オバサンを楽しむ

若い頃は「オバサン」の言動が不思議でしょうがなかった。
でも、自分が「オバサン」になってみたら、
見える風景が違ってきた。
オシャレのコツだってわかってくる。
コミュニケーション能力もアップする。
じつは「オバサン力」は幸せの秘訣《ひけつ》なのである。
人生を楽しむコツは「オバサン」にあるのだ。

若い頃より今のほうが幸せ

若い頃は顔の見えない相手との会話が苦手だった

オバサンは、なぜ誰かれともなく話しかけ、誰も聞かぬ独り言を、かなりの音声ではっきりと口にできるのか。

私は若い頃、それが不思議でならなかった。

テレビを見ながら頷《うなず》いたり話しかけたりする母に反発して（？）、高校の入学式の日に、クラスの誰ひとりとも一言も喋《しゃべ》らずに一年を過ごしてみようと心に決めた。私は、相当偏屈で変わり者の少女だったのだ。決めたことをやり通す意志の力は強いほうなので、四月、五月と頑張ったが、さすがに六月には力尽き、普通の女子高生に戻った。

大人になっても、私はやはり〈世間話〉というものが苦手だった。今日は暑いね、どこにお出かけですか、お父さんはお元気ですか――そんな無意味な会話を口にするのが恥ずかしかったのだ。なぜ、恥ずかしかったのかは思い出せない。

そしていつの間にか、私は見知らぬ人に話しかけ大きな声で独り言を喋るオバサンになっていた。それもいつからだったか思い出せない。

確か、三十代半ばくらいまでは、電話で見知らぬ人と会話をするのが苦手だった。美容院に予約の電話を入れるのも、深呼吸をして覚悟を決めてからでないと、うまくできなかった。顔の見えない相手との会話に緊張する性質《たち》だったのだ。

けれど、五十を過ぎると、どうやらその難関も易々と乗り越えてしまったみたいだ。

レストランの予約係との温かな交流

先日、友人達とのランチの予約を入れようと、予約の取りづらい人気のレストランに電話した時のことである。

「×月△日、午後一時に三名で予約したいのですが」

「承りました。ただ、当日は混み合っておりまして午後一時だと少しお待ちいただくことになるかもしれません」

応対に出た係の人は落ち着いていて知性を感じさせる大人の女性だった。

「少しとは……どのくらい待つのですか」

「十分か……。十五分くらい。一時に席を立たれるお客様が多いので、それからセッティング し直すとなると……」

「ああ、わかりました。その再セッティング時間に十〜十五分かかるわけですね」

十代の頃の私なら、決して口にしない言葉である。なぜなら、そんなことは頭の中で了解すれば済むことであり、相手の言葉の反復というのは、無駄な会話だからだ。

「……さようでございますね」

係の女性も、このような独りごちオバサンには慣れたものである。

「だったら、予約を一時十五分にします。すると、待たずに席まで案内してくれますよね」

私は、思ったことをそのまんま口にする。

すると、「そ、そうですね」。笑いをこらえながら相手も答えた。

その時、見知らぬレストランの予約係と私の間に親しみのような感情が流れたのだった。瞬間、温かな気持ちが胸の奥にわく。

世の中の人は善良で親切だった

しかし、当日になって友人のひとりの都合が悪くなり、ランチは中止になってしまった。

レストランに電話をすると、予約の時と同じ女性が出てきた。

「今日のランチを、一時十五分に予約した者ですが……」

あっ、とかすかに嬉《うれ》しそうな声がした。

「都合でキャンセルします」

すると今度は落胆の低い声となった。

「そうですか。残念ですが、又の御利用お待ちしております」

私も申し訳ない気持ちで電話を切った。レストランで彼女と実際会ってみたかったのだ。

オバサンになって、見知らぬ人に誰彼無しに話しかけてみると、世の中の多くの人は善良で親切であることに気づいた。

あからさまに怒ったり、嫌悪の表情を浮かべる人はマレである。まあ、こちらも年の功があるので、そういう人は見抜いて話しかけないのだが。

若い頃は、恥ずかしさにプラスして、他人が怖かったのだ。だから、見知らぬ人に話しかけて馬鹿にされたり怒られたりしたらどうしようと、不安で、ずっと口をつぐんでいたに違いない。

年をとると生きるのが楽になる

年をとると若い頃よりずいぶん生きるのが楽になる。

若い頃より今のほうが幸せなんじゃないかなあと、私は最近ずっと思うようになってきているのだ。

失う物も多いけれど（体力・記憶力・恥じらい・ｅｔｃ.）、荷物が少ないほど人は楽に生きられると考えると、それもまた楽しい。

人とコミュニケーションとるのが苦手なんですという若者に出会うと、私は必ずこうアドバイスする。

「オバサンみたいに暑いですね・寒いですね。あ、道に石が落ちていると、思ったことすべて口に出してごらんなさい」と。

私がメガネ美人になったわけは……

メガネに憧《あこが》れた青春時代

四十歳を過ぎて急に目が悪くなった。近所の眼鏡屋さんに生まれて初めて検眼に行ったら、一番ゆるい老眼鏡を薦めてくれた。

「まあ、そんなに気にするほどでもないと思いますが」

「いいえ。とにかくメガネを作ります。今日私は、メガネを作りにきたのですから」

じつは私は子供の頃から視力だけは抜群に良く、ハタチまでは左右とも二・〇であった。あれほど漫画や文庫本を寝そべって読みふけっていたというのに。

私の実家では、父も母も姉も近眼でメガネをかけていた。私だけが異様に視力が良かったのだ。姉は小学校高学年でもうメガネをかけていて、私はそれが羨《うらや》ましくてたまらなかった。

今でも覚えている。姉が最初にメガネをこしらえにいった日のことを。三歳下の私も町の眼鏡屋さんについていった。ズラリと並んだフレームの中から、子供用の赤いフレームメガネを姉は選んだ。私もそれが欲しくて欲しくてたまらなかった。

中学になると、同級生の女子のメガネ率がぐんと上がった。成績上位者の女子は間違いなくメガネをかけていた。

私は自分の視力の良さを恨んだ。

「メガネかけてないあたしは、頭が悪そうに見える」

と、本気でそう思っていたのだ。

さらに、少女漫画では地味で目立たないメガネをかけたヒロインが、恋人の前でメガネを外したとたん、

「こんなに美人だったのね」

と、突然キラキラと輝き出すというストーリーが流行《はや》っていた。このとっておきの裏技が私には使えない、なぜなら私はメガネをかけていないからだ。悔しい、ああメガネをかけたい、と私は青春時代ずっと焦がれていた。

近視の人が目を細める仕草もまた、私の憧れであった。大体、近視の人には目が魅力的な人が多い。黒目がちで睫毛《まつげ》の長い人は、近視である率が高いのだ。これは私の説によると、黒目が大きいと太陽光線が目に集まり目を傷める↓その太陽光線を少し

でも遮ろうと睫毛が伸びる。そのため、黒目がちで睫毛の長い人は目が弱いのだ（サイモンの仮説）。

だから私のように白目部分が広く睫毛の短い人間は視力が良いのだ。あるいは視力が良いから睫毛が短いままなのか。

いずれにせよ、メガネを外したら黒目キラキラの美少女だったという憧れのシチュエーションは、青春時代の私にとっては、かなわぬ夢であった。

大人になっても視力は一・五をキープしたままだった。そうか、メガネが駄目なら〝サングラス〟という手があるではないかと、私は気づいた。なぜか私が二十代の頃にはまっ黒なブルース・ブラザース風のサングラスが流行っていた。カッコいい大人の女がかけるとサマになるのだが（当時は桃井《ももい》かおりさんやいしだあゆみさんがかけていた）、私のように鼻の低い丸顔の女がかけると、恐ろしく似合わなかった。子供がフザけてるとしか思えないのだ。サングラスも、私は諦《あきら》めた。

老眼鏡は目が大きく見える

とにかくずっと視力が良かったものだから、目がぼやける、字がにじむといった状況がどういうものか私は丸きりわかっていなかった。

それがある時、地下鉄の路線図が読めなくなった。カードサイズで、裏に時刻表、表に路線図が印刷されているやつだ。

　そこで急いで眼鏡屋さんに駆け込んだ。それが冒頭の、私が初めて作った老眼鏡の場面である。

　とにかく生まれて初めて作ったＭＹメガネであるから嬉《うれ》しくて嬉しくてたまらなかった。

　しかし、それほど強い老眼でなかったため（実際、かけてもかけなくても物の見え方に大差はなかった）、持ち歩くのも面倒臭いし、どこにしまったのかもしょっちゅう忘れ、あれほど待ち望んだメガネだというのに、ほとんど活用されなかった。

　ところがこの半年、ついに新聞が読みづらくなった。仕事中も小さな人物の絵が描けなくなった。そこで意を決して再度検眼に訪れたのである。

「以前より二段階も老眼が進んでますね」

　新しく作ったメガネをかけると、それまでぼんやりかすんで見えていた文庫本の活字がくっきりと目に飛び込んできた。

　漫画原稿の下描きはＢのシャープペンシルで描くのだが、シャーペンの筆跡のカーボンの粉まで見えるようになった。かつての二・〇の復活である。

「ああっ。サイモンさん、メガネをかけられるようになったのですか」

と、旧知の編集者が驚きの声を上げた。

「メガネかけられると、何だか視線が鋭くなったような気がします」

そばにいたもうひとりの編集者も同意した。

「そうだなあ、なんか目がキラキラしている」

かつて私は娘にも言われたことがある。

「お母さんの顔はポイントがないから、メガネをかけたほうが引き締まる」

と。

老眼鏡をかけたほうが、私は評判がいいのだ。

その理由はほどなくわかった。

老眼鏡のレンズは目を大きく見せるからだ。

顔の輪郭がレンズに沿って膨らんでいるのを見れば、一目瞭然《いちもくりようぜん》であろう。同じ率で目も膨らんでいるのだ。遠視用のメガネをかけた小学生の目がやたらデカいのもこの原理だ。

逆に、近視用のメガネをかけると目が小さくなる。度が強くなればなるほど、厚いレンズの内側にえぐれたような輪郭が見える。

永遠に出会えない憧れのシチュエーション

ここについに、メガネを外したら黒目キラキラの美少女が出現するカラクリが解き明かされた。

美少女は近視用メガネをかけていたのだ。

それもかなり度の強い、ビン底メガネと呼ばれるようなものを。だから目のちっちゃな女の子と周囲から思われていたに違いない。ところがメガネを外すと、本来の充分な大きさの目が現れたのだ。

そうすると、遠視用メガネではこのトリックが使えないことになる。メガネを外すと逆に、

「目のちっちゃい」

女の子になってしまうからだ。

それは老眼鏡をかけた私にも当てはまる。

「メガネをかけたほうがいい」

と言われるのは、そのほうが目が一・〇五倍くらい大きくなるからだ。

そして、その結果私は、

「メガネを外すとじつは美人」

という憧《あこが》れのシチュエーションには永遠に出会えないことに気づいたのだった。

感動を分かち合う楽しみ

同意してくれる友人がいれば

知人に、趣味がツーリングという男性がいる。

ツーリング仲間と二人で全国をオートバイで回るのだそうだ。

「必ず誰かと連れだってゆくのですか？　ひとりでのツーリングはしないの？」

私は彼に質問した。気ままなバイクひとり旅のほうがよさそうに思えたからだ。

「ひとりだと感動を分かち合えないから」

と、彼は答えた。

山道のカーブを回ったとたん突然視界が開け、広がる平野と遠くに連なる山々が見えた時、

「おおーっ。あれを見ろよ。素晴らしい景色じゃないか」

そう人は叫びたくなるものだ。

その時、

「まさに。絶景、絶景」

そう同意してくれる友人がそばにいてくれると感動はさらに増幅される。確かに。

感動を分かち合えないとストレスが溜《た》まる

人は、なぜ、感動を分かち合いたがるのだろう。

感動にしろ、深い悲しみにしろ、激しい怒りにしろ、そういった強い感情の揺れを身体に溜めるのはやはり健康上よくないのだろう。

感情が高ぶると、頭に血が上る。心臓の収縮が速くなり（胸がドキドキして）、血液をものすごいスピードで脳へ送り出すからだ。脳は熱を帯び（頭がカッカする）、血管が老化している人は脳内出血の恐れが出てくる。「憤死」だってあり得る。

強い感情に襲われた時、人が涙を流すのは頭を冷ますためだそうだ。汗が体温を冷やす効果があるように、涙にもカッカした頭を冷ます役割があるのだと、ごく最近私はテレビの情報番組で知った。

泣くことはよいことなのだ。声を出すのもよいことなのだ。同様に、友人に感動を伝えることも、感情を身体の内に溜め込まないという点で、健康にもいい影響を与えるのだろう。

アシスタントがこない日は、私は午前九時から午後五時までまったくひとりで仕事場で過ごす。ひとりで漫画のストーリーを考えたり下絵を描いたりするのだ。その間、誰とも口をきかない日が多い。

自画自賛で、自分の考えたストーリーに感動して涙を流すことも多いが、分かち合う人が誰もそばにいない。これではストレスが溜まる。

九時から五時までの八時間、トイレに立つ以外は仕事机に座りっ放しのことが多い。夕方には全身の筋肉がぱきぱきに固まっている。

感動も凝りも身体の内部に閉じ込めたまま何週間も過ごすと、さすがに動けなくなってしまう。疲労困憊《こんぱい》で起き上がれない状態になるのだ。

女友達との一日デート

そんな私が最上のストレス解消法を発見した。

女友達と一日デートをするのだ。

それも、美術館巡りと食事をセットにしたコースである。女友達はひとり。か、せいぜい二人。四人以上で行動するのが私はとても苦手だからだ。

もちろん美術の趣味が一致する友人でなければならない。幸い私は、縄文土器から現代アートまで嫌いなものはほとんどない。西洋でも東洋でもOKである。従って、デート相手の趣味に合わせての美術館選びとなる。

現代アートならAさん。

仏教美術ならBさん。

ドラマティックな西洋絵画ならCさん。

開催されている特別展によってデート相手は異なるのだが、彼女達が一様に、

「吸い込まれるような空の色ね。何て色彩の上手な画家なのかしら」

と、感動を分かち合える感性豊かな人物であることは間違いない。

美術鑑賞の感動を分かち合ったのちは、えりすぐりのお店で、

「おいしい！」

の感動を分かち合う。

食事を楽しみながら、女同士の気のおけない会話を楽しむ。肩が凝るのよ、子供が言う事聞かないのよ、仕事がつらくてねえ。同年代の女同士でなければ共感できないグチを語り合うのだ。

これでもう、翌日はスッキリ。数週間分の疲労とストレスはすっかり解消されてい

る。美術館内を歩き回ることで普段の運動不足も解消され、凝りもすっかりほぐれているのだ。

歩き回り、感動しては、語りまくる。

もっかのところ、私の一番のストレス解消法である。

感動は同年代としか分かち合えない

ところが、世の中には私と同じ考えの人間が多いらしい。

昨今、どの美術館も人、人、人であふれ返っているのだ。平日の午前中を狙っても、オバサン達が行列をなしている。

そしてやはりオバサンは感動を友達と分かち合いたいらしく、三、四人のグループが圧倒的に多い。ひとりのオバサンを見つけたら、同類のオバサンがあと三人はいると思え、である。

私と同類のオバサン達が額に鼻先をすり合わさんばかりの距離で絵の前に群がっている。そんなに近づいては絵全体の構図がつかめないのではないかと思うが、どうやら彼女達は細い筆で小さな部分まで写実的に描く技法に感心することが絵を鑑賞することだと、思い込んでいるらしい。

東京・竹橋《たけばし》の東京国立近代美術館で「琳派　RIMPA」の特別展があり、私はさっそく女友達をデートに誘ったのだが、この展覧会はテレビ・雑誌で相当あおったためか、尋常ならざる盛況ぶりだった。

もちろん、絵の前にはオバサンが山を築き、動かない。動かざること山の如しとは、このことか。

彼女達はイヤホンガイドを聞いているので、解説が終わるまではびくともしないのだ。

「琳派は構図が命じゃないのか……」

そんなに絵に近づきすぎては、本阿弥光悦《ほんあみこうえつ》の意図を全然汲《く》み取れないのに。

「まったく、あのオバサン達どうにかしてほしいわね」

「同感」

と、四十七歳の私と五十一歳の女友達は、絵を見終わったあと、ホテルのバイキングランチをつつきながらボヤくのであった。自分達だって立派なオバサンなのに。

これがもし、相手が二十代の担当編集者だと、二十代から見れば、私なんか典型的な〈展覧会好きオバサン〉なのだから。

やはり、感動は同年代としか分かち合えないのだ。

展覧会会場には、オバサン軍団に交じって少数ながら中高年カップルの姿もあった。夫婦で感動を分かち合うのだろう。

こういうのは、理想的だ。

若い芽を育て、認める

「ゆずりは」の葉

夕方の六時過ぎ、池袋《いけぶくろ》から渋谷《しぶや》へ向かう山手線に乗っていた。目白《めじろ》を過ぎた頃、座席がひとつ空いたので、握っていた吊《つ》り革を放して私はそこに座った。すると、

「オバサン！」

いきなり隣に座っていた目つきの鋭い若い娘が私をニラんだ。

私は、思わず周囲を見回した。まさか私のことじゃないわよねと思ったからだ。しかし、日が暮れてからの内回りの山手線に中高年の婦人客の姿はない（最近気づいたのだが、中高年婦人は早朝から日没までに行動する）。

オバサン、とは、やはり私のことなのか。ひょっとして、オヤジ狩りの次にはオバサン狩り？　山手線車内でのガンつけに遭遇してしまったのか。

「オバサン」

眼光鋭い娘は、ニヤニヤしながら再び私に声をかけた。

「……ユカです」

「ああ……ユカちゃん！」

ユカちゃんは娘の小学校時代の同級生だった。

流行のアイメイクらしいマスカラに黒く縁取られた眼に、ひょっとしてレディース暴走族かと思ってしまった私が悪かった。

「おやまあ、ユカちゃん、すっかり娘さんらしくなって。気づかなかったわ」

「あたし、もうお勤めしてるんです。マリコによろしくね」

マリコとは、ウチの娘だ。一浪したためまだ学生である。

娘の同級生達は、もう社会人なのである。私は、昔読んだ『ゆずり葉』という詩を思い出した。「ゆずりは」の葉は、新しい葉っぱのために場所をゆずって自分は散ってゆくという内容だった。

私が、子供を産んでおいてよかったと思うことのひとつが、時間の経過が目に見えてよくわかるということである。なわ飛びを持ってウチに遊びにきていたユカちゃんが、マスカラに縁取られた眼にピンヒールの靴でお勤めするようになっているのだ。私も年をとるはずだ。と、実感できるのである。

子供の成長を見て思う

周囲に子供がいないと、自分が年をとったことも忘れがちである。

私の仕事場は、この十年同じスタッフで運営している。大人の女三人で十年過ごしているが、髪型も服装もほぼ同じままで十年が過ぎ、二十代後半が三十代後半に、二十代前半が三十代前半になったはずなのだが、ほとんど変化がないように見える。

漫画の担当編集者も、かつては新入社員として私のところに挨拶《あいさつ》にきた男の子が編集長になっていたりする。例外なく彼らは太るが、でも相変わらずアロハシャツで出勤していたり、前髪パッツンの坊ちゃんカットだったりで、それほどの年月も感じない。

けれど子供の十年はすごい。人生で一番激変の十年は、八歳から十八歳までの十年ではないかと、私は思う。

私の子供の同級生達に出会うと、私はつくづくそう感じるのだ。そうして、立派に成長した彼（彼女）らを見て、

「もう、ゆずらねば」

と、決心するのである。

最近ますます私は言動がオバサン化している。信号が赤でも「車がきてなきゃ渡っていいのよ」と駆け出し、電車内での空席を目ざとく見つけて突進する。人の失敗を見ては「あーあ」と口に出し、「そうなると思ったのよ。だから私はああしなかった」と、ひたすら保身と身の安全に注意を払う。

そんな私を、思春期の娘はすごく嫌い、

「お母さん、やめて。恥ずかしい」

そう言って、ぷんぷん口を尖《とが》らせていた。

けれど、ハタチを過ぎた頃から娘に労《いたわ》りの優しさが表れるようになった。母のガサツな行動も、ニコニコ笑って見逃してくれるのだ。

「お母さん、信号点滅で渡ってもいいけど、車に気をつけてね」

その物わかりの良さが、逆に私の哀しみを深くする。娘は大人になり、私は老いたのだ。

若き日の私の出発点

娘には滅多に会わないが、娘の大学の学園祭には毎年必ず顔を出すことにしている。美大なので、学生達が自分達の作品を展示しており、それを眺めるのが楽しみなのである。

デザイン、油絵、日本画、彫刻、テキスタイル、工芸等々。さまざまなオリジナル作品がキャンパス内に展示され、作者がその前に腰をかけ、手作りのポストカードやシールを販売している。近頃はパソコンを使ってこれらが簡単に作れるのだ。

パソコンに画像を取り込んで作るアニメーション作品も多く、時代を感じさせる。

私が大学の漫研にいた頃、学園祭の展示用には板に画用紙を水張りし、その上にポスターカラーでイラストを描いたものだ。描き上がったイラストが汚れないように透明ラップ（食品用）を張った。

何千人もの学生や、彼らが創作した何万点もの作品に触れ、私はそのエネルギーに圧倒される。

気に入った作品のポストカードを買い求める。一枚百円。

「ありがとうございます」

作者でもある売り子の顔がその瞬間ぱっと明るくなる。

ああそうだ、私もそうだったと思い出が蘇《よみがえ》る。

自分の作品が他人に認められた瞬間。それは何ものにも替え難い喜びだった。普通科の高校を出て一般大学に進んだ私には、当初自分の作品を世に出したいという野望などまったくなかった。

それが、大学の学園祭でひょんないきさつから漫画の同人誌を出品し、その作品を見た他大学の学生から、

「おもしろいです」

と、感想のハガキをもらった。あの出来事が、私のすべての出発点だと思える。

作品を認められる喜び、その快楽が忘れられず、ずぶずぶと深みにはまってゆき、あっという間に三十年がたち、現在に至っている。

我ばかり張るのではなく

「ありがとうございます。よかったら、感想を書いていってください」

若い売り子達は、必ずそう言う。彼らが求めているのは一枚百円のポストカードの売り上げではない。作品を認める言葉を求めているのだ。

友達のポストカードのほうが売れると、やはり傷つく。不安と自信に揺れ動く自尊心。これが青春というものだ。

私は、それらをいつ失ったのだろう。

「先生。今回も、おもしろかったです」

「ああ、どうも（どうせ口先だけのお世辞でしょ）」

いつの間に、私はこんなスレッカラシな漫画家になってしまったのだろう。さらに最近は、（この担当がおもしろいといっているが、じつはおもしろくないんじゃないか）と老人性猜疑心《さいぎしん》のようなものにも支配されつつある。

若き美大生達のまっすぐな心に、私も背筋を伸ばし濁りを吐き出さねばと思うのである。

「ゆずりは」は、若い芽が育ったのを確かめてから、ぱらりと潔く落ちる。いい年していつまでも自分を認めてもらいたいもらいたいと我ばかり張るのではなく、若い芽を育て認めるのが仕事なのだ。

オシャレを諦《あきら》めない！

ジーンズに白Tシャツが似合う六十八歳

ギリシャが財政破綻《はたん》をしているというニュースをテレビで見ていた私は、ある画面に釘付《くぎづ》けになった。

ギリシャ人に嫁いだ日本人女性がギリシャの現状について語っていたのだが、ジーンズに白Tシャツ、オレンジ色のカーディガンを羽織り、髪は白髪交じりのボブ。地中海の日差しのせいか、うっすらと日焼け肌である。

その女性の年齢が、六十八歳と示されていたのだ。

「かっこいい」

思わず私は感嘆の声を漏らした。

日本人で、六十八歳でジーンズに白Tシャツが似合う女性がいるなんて素晴らしいではないか。しかも、女優、芸能人ではなく一般人なのだ。

年をとると、何をどう着ればいいのか時々わけがわからなくなる。年配女性向けのファッション雑誌をめくり、ポーズをつけたモデルを目にすると、とりあえず痩《や》せなければ何も始まらないということだけはわかる。

オバサンっぽくならないシンプルな服を着こなすためには、まず贅肉《ぜいにく》を落とさなければいけない。大柄な花のプリントも、レースのひらひらも、余計なギャザーもドレープも、これすべてぶよぶよ肉から目をそらすための目くらましなのである。

それがわかっていても、肉を落とすことより目くらまし効果のほうを選んでしまう。だって手っ取り早いから。

ギリシャ暮らしの六十八歳日本人女性は、ひらひらもプリント柄も排除して、毅然《きぜん》とシンプルであった。しかもその体形は中肉中背でほどよく筋肉もつき、モデル級のガリガリ体形ではなかった。ガリガリでなくてもジーンズと白Tシャツの似合う五十代を目指そう。その時からそれが私の目標となった。

油断すると、ロゴやラメ入りのTシャツを着てしまいそうになる。胸元の寂しさはチョーカーやネックレスのアクセサリーで補うべしと、心に刻む。

世の中には白Tシャツとジーンズはゴマンとあるが、その中で自分にぴったり合ったデザインは、じつに希少なのだ。私は程よく肌にフィットして襟ぐりの大きなTシャツをいつも探しているが滅多に見つからない（日本人の割に胸がでかいので襟ぐりが小さいとデブに見えてしまうのだ）。見つからない、見つからないとデパートを歩いているうちに疲れ、時間切れとなり、もうどうでもいいや、と適当なものを買ってしまう。それが私の今までのやり方だった。

オシャレ先輩を追っかける幸せ

ところが、先日ユーミンと対談して心を入れ替えたのだ。

ユーミンは、オシャレに対していつも真剣勝負なのだ。自分がイメージしたウエスタンブーツにたどり着くために東京中探し歩き、ついに渋谷１０９で三千九百円のブーツを見つけたとか。値段やブランドではなく一番大切なのは自分のイメージなのだ、とユーミン姉さんは言う。

ユーミンは私より三つくらい年上であるけれど、いつもオシャレでチャーミングだ。体形も昔からちっとも変わらない。時々こぼれる毒舌も相変わらずだけど、近頃はどこか達観した仙人っぽさが漂う。それもまたカッコいい。

自分を知り尽くした美意識の持ち主だけが、年齢や流行に左右されないカッコいいオシャレをできるのだろうな、と私は思う。

楽な道ではなかろうが、カッコいい大人の女性を見るたびに、私も追いかけてみたくなる。オシャレ先輩を追っかける幸せ、なのだ。

とりあえず絶対似合わない物を知る、というところから始めよう。小花プリント。ふわふわ。ひらひら。モヘア。キャミソール……可愛く見せようと人生で何度もチャレンジして挫折《ざせつ》した。好きなものと似合うものは別だと、五十過ぎてようやく気づいたのである。

オジサン化を防ごう

分かれ目はどこにある？

お盆休みで自宅に戻ってきた娘が、デニムのショートパンツの下に黒いレギンスをはいていたので、

「暑くないの？」

と、聞いたら、

「暑いわよ」

彼女から即行で答えが返ってきた。

娘がまだ学生で家に居た頃、楽ちんな服を着て居間でごろごろ転がっている私に向かって、

「お母さん、オシャレはやせ我慢って、ＩＫＫＯさんが言ってたわよ」

と、注意してくれたことがあった。やせ我慢を失った時に、女はオバサンになって

いくのであろう。

更年期障害と女性ホルモンについての雑誌の記事を読むと、加齢による女性ホルモンの減少は、ナンピトたりとも避けることができないとある。そういえば以前、

「恋をすると、女性ホルモンは増えるのですか？」

そう女医さんに尋ねたところ、

「そんなことは、まったくない」

ぴしゃりと否定されてしまった。

しかし、である。同じ年齢でも、〈女性っぽさをむんむんさせているオバサン〉と、〈ただの太ったオバサン〉と、〈ほとんどオジサン化している中性的オバサン〉の三パターンがある。

その分かれ目は、どこにあるのか。

それは、生まれた時から定められた運命なのだろうか。

昨今、中高年の登山がブームである。彼らは、男女混合のチームで山に登る。ニュース映像などで見る限り、オバサンは一見山男と見分けがつかず、男女混合でテントで寝ても風呂《ふろ》に入っても、恋愛沙汰《ざた》などまったく起きなそうである。

どこで女性は、分かれるのだろう。

生まれつき色気のある女性は死ぬまで色気を保ち、登山オバサンになるタイプは、娘時代から中性的だったのだろうか。

露天風呂でも胸をさらして堂々と

友人と温泉に行った時のことである。

彼女は四十代後半だが、若い頃はそれはそれはモテたものである。最近は、油断するとただの太ったオバサンにしか見えないが、それでもたまにドレスアップすると、

「おお！」

と周囲の男から感嘆の声が漏れるぐらい、昔とった杵柄《きねづか》もまだわずかに残っている。

施設の二階にある温泉には、広い露天風呂がついていた。よく晴れた日には富士山が眺められるというのが売りの風呂なので、さっそく私達は仕切りのガラス戸を開けて露天風呂に飛び出した。

その瞬間、眼下、二十メートル先のテニスコートでボールを打つオジサンと目が合った。露天風呂は建物の二階にあり、その建物の庭がテニスコートなのだ。時刻は昼下がりで、午後のテニスを楽しんでいたのだろう。風呂の周囲には一応目隠しのよしずが立てかけてあるが、すっぽんぽんで立つと、ちょうど胸のあたりまでテニスコー

トから丸見えとなる。若い娘達は、恥ずかしげに湯の中をしゃがんで移動している。

「私達は、もういいよね」

「うん。いいよね」

私と友人は、堂々と、胸をさらして立ったままジャバジャバと湯の中を歩いたのだった。


油断するとオジサン化する！


私はともかくも、先天的色気女と思われていた友人が、オジサン的行動をとったことにちょっと驚いた。

それまで、色気女は年をとっても絶対登山女にはならないと考えていたからだ。

「色気女も、加齢とともに油断するとオジサン化するのかも」

私は、その時ふと気づいたのだった。

絶えず自分が女性であることを意識して、やせ我慢を重ねて、中高年女性は、自分のオジサン化を防がなくてはいけないのだ。とにかくホルモンのなせるがままに放置しておくと、オジサン化一直線なのだから。

そういった意味からでも、韓流《はんりゅう》スターを追っかけるのはいい薬である。恋をしたところで女性ホルモンは増えないと医者は言うが、少なくとも自分がオジサンでないことに気づくことはできるのだから。

服より靴が好き!

もう限られた服しか着られない

若い頃は、好きな服を着ていた。好きな柄、好きな色、好きなデザイン。それが大人になるにつれ、好きなものイコール似合う服ではないと気づくようになった。

いくら好きでもパステルカラーの小花プリントは似合わない。ざっくり編みのタートルネックセーターも似合わない。

人が似合うと誉めてくれる服だけ着ようと、三十代半ばで私は決心した。この時点で、地球上で私の着ることができる服の数がぐっと減った。

その頃知り合ったカラーコーディネートの先生に、自分に似合う色の見つけ方のコツを教わった。

その人に本来備わっている色を服に取り入れよ、ということだった。

つまり、生まれつきその人に備わっている肌の色、髪の色、瞳《ひとみ》の虹彩《こうさい》の色、などである。肌が黄みがかり、虹彩が焦げ茶の私が似合う色は、キャメルやブラウン・カーキなのだそうだ。

その時初めて私は何故自分にパステルカラーが似合わないのか、目からウロコが落ちた。頬がピンク色で髪も柔らかな茶系の人にしか、パステルカラーは似合わないのである。

さらに、似合う色でも着てはいけないデザインがあるということに、四十代に突入した私は知ることになるのである。

ルーズフィットなデザインは、よりデブに見える。襟の詰まったものは、顔の丸さを強調する。これらを避けるためには、身体にジャストフィットして首もとがすっきりしたデザインでなければいけない。

四十代になると、自分の似合う服ではなく自分の欠点を隠す服を着なくてはならなくなった。

そうなると本当に、ごくごく限られた服しか着られなくなる。地球上のほとんどの衣服が、私には関係のない服となってしまったのだ。

ファッション雑誌のグラビアは、私には無縁のものとして眺めるようになってしまった。

服で気分の変化や、オシャレの冒険が楽しめなくなったとたん、靴とバッグに興味が移ってしまった。

小物でバリエーションを楽しむしかないのだ。

美しいハイヒールにうっとり

子供のPTAを通じて知り合ったお母さん仲間と食事会を開いた。

「服とバッグと靴。一番ワクワクするものはどれ?」

と質問したところ、全員が、

「靴!」

と、答えた。

真新しい靴は、しばらく履かずに家の中に飾っておくという人も、数名あり。じつは、私もその内のひとりである。

美しい靴は、美しい服や美しいバッグよりも美しいと、私は思う。特に、つま先の尖《とが》ったヒールの高いパンプスは、エロティックなまでに美しい。

ハイヒールがなぜエロティックなのか。それは、あれほど非実用的なフォルムはないからである。四つん這《ば》いから二本足で立つようになっただけでも、人間は哺乳類《ほにゅうるい》としてかなり無理をしているのに、さらにつま先の狭い面積とヒールの点のみで身体を支えようとするなんて、竹馬に乗っている状態とさほど変わらないような気がする。そのような曲芸の軽業師状態が、ハイヒールの女性達なのである。

曲芸の努力を積んでまでも、女性達は非実用的ハイヒールに憧《あこが》れる。もはや服は、欠点隠しの衣でしかない。結果、美意識の自己主張は靴に集中してしまうのだ、特に体形の崩れた中年以降の女性達は。

なんて美しいのだろうと、デパートの婦人靴売り場でため息をつくことも多い。しかし、二十代三十代とほとんど外出せず、近所の買い物もスニーカーで済ませていた私には、ハイヒールの靴は時に拷問器具のようになる。

八センチヒールで、カッコンカッコン走る女性に対して、

「よく走れますねえ」

と、私が声をかけると、

「慣れですよ」

と、答えが返ってきた。竹馬名人の言葉として受け取ろう。四十代でハイヒールデビューした私が、八センチヒールを履きこなす日はいつになるのだろうか。

「あなたが買わなきゃ駄目」

前述の、新しい靴を飾って眺めてウットリ組の中のひとりからおもしろい話を聞いた。

専業主婦である彼女は、地下のお惣菜《そうざい》コーナーにオカズを買いに寄ったデパートで、ふと階上の婦人靴売り場に足が向いた。靴が大好きだったからだ。その売り場で、とある高級ブランドのハイヒールが彼女の目に留まった。手に取って眺めていると、

「どうぞ、お試しください」

店員が声をかけてきた。

試して履いてみると、ぴったりだった。

「お似合いですよ」

と、店員も誉めてくれる。が、値段を見ると二万円である。お惣菜を買うだけのつもりでデパートに立ち寄った彼女の財布には数千円しか入ってなかった。カードも忘れてきた。

「ステキな靴ですけれど、今日はあいにく持ち合わせのお金がないので、買えません」

彼女が靴を戻してその場を立ち去ろうとすると、

「その靴、あなたにとっても似合っていたから買いなさいよ」

突然隣に居た老婦人が話しかけてきた。見ると彼女は、超高級ブランドの靴を十足まとめ買いしているではないか。相当なお金持ちで、かなりの靴好きなのだろう。

「でも、私、本当にお金持ってないんです。財布には二千円しかなく、しかもそのお金でお惣菜買わなくちゃいけないんです」

「だったら、私が二万円、あなたにあげるわ」

えっ、と彼女は老婦人の顔を見た。

「その靴、本当にあなたに似合ってるから、あなたが買わなきゃ駄目」

そばに立っていた店員さんも、ぜひそうされてはと、勧めるではないか。それはそうだろう。店にとっては一足でも多く靴は売れたほうがいいのだから。


ハイヒールの妖精《ようせい》?


それでその二万円、あなたはもらったのと私が彼女に尋ねると、もらったと答えるではないか。

しかも老婦人は自らを決して名乗らず、婦人が立ち去ったあと、店員さんにその正体を尋ねても、顧客の秘密は厳守ということで固く断られてしまったそうだ。

「でも、なんでその老婦人はあなたに靴を買ってくれたのかしらねえ」

と、私達はしばらく話し合った。

結論は、死ぬまでに使い切れぬほど大金を持ったおばあさんの単なる気まぐれか、あるいは正直者の靴好き主婦にご褒美をあげようと、地上に現れた〈ハイヒールの妖精〉がおばあさんに化けての仕業か、のどちらかだろうということになった。

後者のほうが、私は嬉《うれ》しいな。

第三章　ひとり時間を楽しむ

子供達が大きくなると、ひとりの時間が増えた。

それを寂しがるより、楽しもう。

人生は有限なのだ。

人生の折り返し地点を過ぎたら、おいしい食事のチャンスは逃したくないし、好きなものに囲まれて、自分だけのゴールデンタイムを楽しみたい。

ひとり御飯の楽しみ

「おいしい食事のチャンス」は逃したくない！

近頃は息子と二人分の食事の仕度しかしない。けれどハイティーンの食べ盛りの男の子を満足させるに充分な食事の準備というものは、それなりにエネルギーを使う。

今日は御飯いらないよと息子からメールが入ると、私は狂喜する。その日は思いっきり仕事場で残業して、それからお惣菜《そうざい》屋さんで好きなオカズをチョイスして帰宅。それからテレビを見ながらひとりで食事をするのだ。もちろんお惣菜屋さんのカップに入ったままのオカズなので、皿を洗う手間もいらない。

前々から息子の不在がわかっている場合は、昼間外出の用事を入れ、帰りにデパ地下のお弁当を買って帰る。老舗《しにせ》料亭のお弁当が千円ちょっとで手に入る。その料亭でコースのお食事をいただこうものなら、その二十倍もの金額になるはずだ。

「ああ、何て幸せなんだ」

私は、自宅のリビングでテレビを見ながらひとりでお弁当を食べる。

「今度引っ越すなら、どんな場所がいいですか？」

と、人から聞かれるたびに私は、

「デパートの近く！」

と、答える。朝、昼、晩と、デパ地下のお惣菜で済ませるのだ。そのためには二軒以上のデパートがある町が望ましい。一軒だとあっという間に全商品食べ尽くしそうだから。

「池袋に住んで、毎日東武《とうぶ》、西武《せいぶ》、東武、西武と、デパ地下の惣菜暮らしをするのが私の夢です」

最近私は会う人ごとにそう言いふらしている。

オバサンがひとりでテレビを見ながら弁当をつついている姿に、人は憐《あわ》れみを感じるかもしれないが、当人は至福なのである。だって間違いなく、自分で作るオカズよりおいしいのだもの。

一番おいしいものは、空腹の時に口にしたものである。

この心理に私が気づいたのは三十歳を過ぎた頃だった。ある時一日に三回の接待会食をこなさなければならなくなった。しかも、和、洋、中、それぞれ一流名店の豪華メニューだ。

「とてつもなく美味で絶品であることは、わかる。でも、もう一口も口に運べない」

三番目の中華では、大好物のフカヒレスープすら飲み込めなくなっていた。

どんなご馳走《ちそう》も、満腹ではおいしくない。

だから、普通の健康な人ならば一日に三回しか「おいしさ」を味わうチャンスがない。一週間で二十一回、一か月で約九十回。一年で千九十五回。つまり、チャンスは有限であるということだ。一回でもマズい食事をすることは、限られた数のチャンスをみすみす棒に振ることである。

「私は、一回たりとも、ミスを犯したくない」

四十歳を過ぎ、どう欲目で見ても人生の折り返し地点は越えていると自覚してからは、ますます「おいしい食事のチャンス」に貪欲《どんよく》になってきた。


天ぷら屋でコンソメスープ？


何年か前の正月、家族と都内のホテルへ天ぷらを食べにいった。カウンター式で目の前で天ぷらを揚げてくれる和食の名店である。

私達家族の右斜め前方のカウンター席に、それはそれは立派な身なりの老婦人がひとり腰をかけておられた。仕立てのよい高そうなスーツ姿で、耳にも首にも指にも大ぶりな宝石をジャラジャラつけている。

老婦人はこの店の常連らしく、従業員も板前さんもペコペコしている。

「あたし、コンソメスープが欲しいわ」

突然、彼女が言い出した。カウンター式の天ぷら店である。これは一体どうなることかと、私と夫は興味津々で事態の推移を見守った。天ぷら職人と支配人が何やら耳打ちをしている。

やがて、白く尖《とが》ったシェフ帽子を被《かぶ》った洋食の料理人が銀製の器に入ったコンソメスープを運んできた。それを天ぷらカウンター席の老婦人の前にうやうやしく差し出したのだった。

おそらく同じホテル内の洋食のシェフが急きょこしらえて持参したのだろう。

この老婦人は一体何者かと、漫画家夫婦（私達のこと）は色めきたった。

「あの御婦人は何者ですか」

「よくいらっしゃる常連のお客様です」

さすが一流店の従業員の口は堅い。

その後老婦人は、隣の席の見ず知らずの家族連れに、

「あたしの主人が、ボストンで……医者で……教授で……」

と話しかける声が途切れ途切れに聞こえてきた。

今思うと、この老婦人も、残された時間の一回たりともマズい食事は口にしたくないタイプだったのかもしれない。華やかな人生を送り、名士の夫とともに世界の一流レストランの味を堪能《たんのう》し尽くしたのだろう。一度、一流のおいしさを知った食いしん坊は後には戻れないのだ。

デパ地下惣菜は神の助け

私も、接待という名目で三十代前半に旨《うま》い物を食べ過ぎてしまっていた。秋元康《あきもとやすし》さん、林真理子《はやしまりこ》さんという当代きっての食いしん坊と「グルメの会」を結成して、毎月のように都内の美食を食べ歩いていた時期もある。

私は高級外車もブランドのスーツも貴金属も全然興味がないのだが、食事だけは妥協できない。旨い物が好き。旨い物でなきゃ嫌。名店である必要はない。浜で取れたての魚。畑からもぎたての野菜。伝承の漬物。旨ければ野の草でも食う。

大して仕事をしない日でも、異様に疲れている時がある。それは、食事の仕度にエネルギーを注ぎ込みすぎたせいなのだ。自炊の際、私はおいしくなるまで妥協を許さない。ダシは昆布とカツオ節でとるし、アクは徹底的にすくう。圧力鍋《なべ》で下ごしらえを完璧《かんぺき》にこなし、甘い、酸っぱい、こってり、さっぱり、ねっとり、サクサクといった味のバランスと食感、歯ごたえを重視した献立を組み立てる。

普段だと、仕事中午後三時頃から今日の夕食のメニューを頭の中で組み始める。これが私の食いしん坊道なのだ。

が、近頃はさすがにくたびれてきた。エネルギーの総量が落ちてきているのだろう。けれどエネルギーは落ちても、おいしさに対する貪欲さは衰えない。

そんな私にとって、デパ地下惣菜は神の助けである。

特に、名店のお弁当は味のバランスが絶妙で、あれこれお惣菜を買いまくるより、ずっと完成されている。

それに、お弁当を食べながらテレビを見るのって、お弁当を食べながらお芝居を鑑賞したりスポーツを観戦するのと似ていて、何だか楽しい。

ひとりで過ごす山の家

快適な夏を過ごしたくて

四十代になって、八ヶ岳《やつがたけ》に家を建てた。

私は東京の夏の暑さが苦手だ。さらに、冷房にも弱い。

生まれ故郷の徳島もそれは暑い夏だったが、朝夕には涼しい時間もあった。夜も窓を開ければひんやりとした風が流れ込んできた。

ところが、東京の夜は一向に涼しくならない。ヒートアイランド現象とかで夜ももあっと熱がこもっている。

冷房をつけなくては眠れない。が、冷房かけっ放しで眠ると翌朝身体がだるい。従って夏の日中は一向に仕事がはかどらない。

〈冷房なくして快適に夏を過ごしたい〉

これが、私が八ヶ岳に家を建てた理由なのだ。

実際、この山の家にはエアコンがない。冬は床暖房を敷きつめているが、真夏は窓を開けっ放しにすれば、かんかん照りの日中でもひんやりと過ごせるからだ。

これでさぞかし夏の仕事がはかどるようになったかと思いきや、じつは忙しくてシーズンに一週間も過ごせていないのだ。

我が家は二人の子供が小さな時から、夏休みの家族旅行だけは義務化している。ふだん休みのまったくない夫も、夏だけは休みをとって家族と旅行することにしている。その夏の旅行のために、前後にぎゅうぎゅうに仕事を振り分ける。夏の旅行はもっぱら海外のビーチ・リゾートだ。

ということは、夏は仕事、海外リゾート、仕事でスケジュールがいっぱいになり、とても八ヶ岳へ出向くヒマがないのである。せっかく家を造ったのに。

夏以外もせっせと山通い

というわけで、夏以外のシーズンでもせっせと山通いをすることにした。

新宿《しんじゅく》から特急電車で二時間。車でも、中央高速を使うと調布《ちょうふ》から二時間である。家で二時間サスペンスを見るヒマがあれば、充分通えるのだ。

すると、夏以外でもとても美しい土地であることに気づいた。

初夏の新緑若葉も、秋の紅葉も、まさに目のご馳走《ちそう》である。緑から紅に移ってゆく微妙なグラデーション、あるいは目にも鮮やかな赤。それらが光線の加減や風のゆらぎによってわずかずつ変化するおもしろさ。何時間見ていても飽きない。

家の南側には赤松の林がある。その高いこずえが風に吹かれて揺れるのを見るのが、ことさら私は好きだ。

赤松をゆっくり眺めるために、昨年私は南側のベランダにチェアとテーブルを置いた。午前、小鳥のさえずりを聞きながらベランダでカフェオレとクロワッサンの朝食をとる時、私は至福に酔うのであった。

今年のゴールデンウィークも、迷わず八ヶ岳行きを決めた。家族は各々予定があったので、私は単身、山で過ごすことにしたのだ。

それに、二十二歳と十八歳になった子供達にとって山は退屈以外の何ものでもないらしい。東京の繁華街で遊ぶほうがずっと楽しいのだ。

それに私だって、不満気な子供と一緒に過ごしても楽しくない。

「あの静寂とあの自然を独り占めするのだ」

私は、むしろ、今回のひとり旅を心待ちにした。

ゴールデンウィーク期間中に初めて行ってみたら……

ゴールデンウィーク期間に別荘を訪れたのは、じつは今回が初めてだった。自由業の特権として、わざと祝祭日を外して混雑を避けていたのだ。それを今年は初めて世間様と歩調を合わせ、一、二、三、四日と四連泊したのである。

私の山の家のご近所も、全戸使用されていた。

いずれひとりで一夏過ごすこともあろう。それでは林の中の一軒家では寂しすぎるし不用心だ。というわけで、東京の住宅地並みに別荘がびっしり建ち並ぶ区画に家を建てたのである。今まではハイシーズンに訪れたことがなかったので、近所の一軒か二軒に人の気配がするぐらいだったのだが、今回はぐるりとご近所さんに囲まれてしまったのだ。

ベランダのチェアに腰かけると、三メートル先でお隣さんが庭でバーベキューをしている。軽く挨拶《あいさつ》をするものの、ずっと目を合わせるのも気まずいので、くるりと背を向け逆のほうを見ると、そちらにも娘やら孫やら一族総出で連休を楽しんでいる別のお隣さんがいた。

都会暮らしの別荘族は、せっかく山にきたのだからと、日中はずっと庭で何やかやと作業をする。鳥小屋を作る。草を抜く。犬を遊ばせる。その結果、隣人と目が合い、バツが悪くてそらし続けることとなる。

一家で楽しく庭で過ごせば、隣人の目も気にならないのだろうけど、私は何せ今回単身滞在だったので、ふだん以上に人の目が気になって、庭に出られなくなってしまった。

たまたま隣人たちが不在の日があり、ベランダで朝食をとろうとしたら、朝寝坊をしたためすでに日が高く、さんさんと紫外線をまき散らしていたので、シミを恐れてこれも諦《あきら》めた。結局室内でテレビを見て、ほとんどの時間を過ごした。これでは東京の暮らしと何も変わらない。

行くたびに新しい発見がある

四日目は雨だった。お隣さん達もみんな家の中で過ごしているらしい。

窓を開けると、甘い香りが漂ってきた。ちょうどキャラメル・ポップコーンのような匂いだった。私は一瞬、ご近所さんの一軒がキャラメル・ポップコーンを作っているのかと思った。

それは、雨に濡《ぬ》れた松の木が醸す香りだったのだ。

雨の日、赤松の林はキャラメル・ポップコーンの匂いを立てるのだ。キャラメル・

ポップコーンの香りは要するにメイプル・シロップの香りである。メイプル（楓《かえで》）も、松も、同じ森の香りを立てるということなのだろうか。

八ヶ岳に家を建てて三年。まだまだ行くたびに新しい発見がある。

今年の冬、きつつきによって家の壁に穴を開けられた。それも八か所も。野球ボールより一まわり大きく、しかも見事な円だった。

「うまく、まん丸く開けたものだ」

妙に感心してしまった。感心はしたものの、やはり腹も立つ。

穴を塞《ふさ》いでも再びやってきて同じ場所に穴を開ける、と脅かす人もいる。いっそぐるりと家の周りを網で囲もうか、あるいは案山子《かかし》でも立てようかと、今も思案の最中である。

さすがに冬場は氷点下一〇℃にもなるので訪れない。

葉を落とした木立の向こうに、雪を被《かぶ》った南アルプスの山々が現れ、その景色もまた、格段に素晴らしいのだが。

「八ヶ岳には蕎麦《そば》屋はいっぱいあるが、ラーメン店がない」

これは、永住者のグチである。

私も、行きつけの美容院とエステとお別れしなければならないから永住は無理だな、と考えている。

私のゴールデンタイム

車で山通い

運転免許を取ったのは、四十九歳の時である。五十歳の一歩手前で、なぜ私が運転免許取得に動いたのか。それは、八ヶ岳の別荘のためである。

四十四歳の時、小淵沢《こぶちざわ》に別荘を持った。あまりに暑い東京から逃れるための、夏限定の山荘を建てたのだ。ところが、車の運転のできる夫は仕事の忙しさを口実に、ちっとも付き合ってくれない。電車で別荘まで行ったとしても、現地では車無しではまったく生活できない。そこで一念発起して、若者に交じって教習所通いを始めたのだ。念願かなって一発合格で免許を手にした時の喜びは、漫画賞を受賞した時と同じぐらい大きかった。

そして免許を取って、自分が運転好きだったことに気づいた。それまでずっと機械は苦手だと思っていたが、ハンドルひとつでクルクル動く愛車が可愛くてたまらない。

以来夏になると、私はサンダル履きにすっぴん、サングラス姿で、そのまま東京の自宅から八ヶ岳まで直行する。およそ二時間半。山の清涼な空気と、森の木々の香りに包まれるのだ。

南アルプスの美しい山々を眺め、地元食材の美味を堪能《たんのう》する。別荘の庭で涼風に吹かれながら蝉の声を聞く夕暮れこそが、私のゴールデンタイムである。

最近は夏だけでなく、ゴールデンウィーク前後に遅い花見にも出かける。

これからますます山で過ごす時間が増えそうだ。

仏像を巡る旅

静謐《せいひつ》で力強いオーラを放つ仏像に魅せられて

仏像だけはこの目で確かめなければその良さはわからない。

写真集で予《あらかじ》め目にした像でも、大きさや材質はもちろんのこと、像を取り巻く環境（暗い堂なのか、博物館のガラスケースの中なのか）によって、印象ががらりと違ってくるのだ。

だから、私はこの目でしっかりと仏像を見つめたい。

漫画家として二次元の平面画ばかり見つめて十数年を過ごしたある日、ふと訪れた関西の寺で一体の仏像が私の目に飛び込んできた。立体の持つ確かな存在感は、静謐でありながらも力強いオーラを放っていた。私は像から目が離せなくなり、千年も昔に彫られた像がなぜ今も美しくあり続けられるのかを、知りたいと思った。その時から私の仏像を巡る旅が始まったのだ。

仏様に性別は無い、ということでその中性的造形がより美しさを高めているのではないだろうか。しなやかな指先、くびれた腰、ほどよく筋肉がついた腕や腿《もも》。男でもなく、女でもなく、しかし両性のよい部分をうまくピックアップして配したバランスの妙が私には感じられるのだ。

私好みの仏像に関して言えば、圧倒的に京都より奈良である。私がもっとも敬愛する仏師運慶《うんけい》のルーツが奈良仏師の流れにあることも大きいが、京都・平安京の仏像が貴族好みのつるんとしたものが多いのに比べ、奈良には生気にあふれ、若々しい像が多いように感じられるからである。

人の心は千年たっても変わらない

自分の直感だけを頼りに行き当たりばったりに始めた仏像巡りであるが、しだいに背後にある歴史もおもしろくなってきた。

当たり前だが、仏像と言えば仏教。そして日本にちゃんと仏教が伝わったのが飛鳥時代である。二〇一〇年は平城京遷都千三百年であり、聖武《しょうむ》天皇こそが我が国における最大の仏教庇護《ひご》者であった。そう考えると、仏教マニアは、聖武天皇に感謝しなくてはいけない。

頭を下げて感謝しなくてはいけないのは鑑真和上《がんじんわじょう》もまたしかり、である。本格的仏教を伝えてくれてさらに、船に乗せて大陸から仏師を連れてきてくれたのである。現在我々が目にすることができる現存の木彫の仏像は、ここから始まっている。

千年以上も昔、戦を繰り返しながらも希望に満ちた瞳《ひとみ》で未来を見つめていたであろう平城京の人々。その時代からずっと静かなまなざしで人間を見守り続けてきた仏様の像を、こうやって今、目の前で拝むことができるなんて奇跡のようだ。

権力者、統治者はくるくる変わっても、美しいものを美しいと感じる人の心は千年変わらないのである。

赤いソファと至福の時間

ヘトヘトになるまでやらない！

五十歳を過ぎて思うことは、

「ヘトヘトになるまで、やらない」

ということだ。

ヘトヘトになるまで、ついやってしまうのは、自分が若い頃と同じ体力・能力だと勘違いしているからだ。

若い頃なら何でもなかったことが、年をとるとそれはもうヘトヘト、なのである。

なので、適当に切り上げて、なまけることにした。

新居に赤いソファを置いた。赤い革のソファがどうしても欲しくて、あちこちのショールームを覗《のぞ》いたが、なかなか気に入ったものが見つからなかった。そこで私は、家具デザイナーにオーダーして作ってもらうことにした。

色合いも、クッションの堅さも、ほぼ望み通りのものが手に入った。値段も、イタリア製の似たようなもので、半額ぐらいにできた。

この赤いソファに寝っ転がって、ぼうっと過ごすのが、私の至福の時間となった。南向きの窓から射す陽で、冬でも暖房いらずなのだ。

ただ日なたぼっこして、空や雲を眺めて過ごす。すると、ヘトヘトだった脳と身体が、どんどん回復してゆくのが感じられる。

赤は、刺激とパワーを与えてくれる色だと思う。風水の知識など何ももたないが、この新居は全体をナチュラルな色調に抑え、ポイントに赤をあちこちに置いた。それが、私にとって一番心地よい配色だから。

身の回りにはお気に入りのものを

気に入らない物が目に入ると、それだけでまた、私はヘトヘトになる。

お気に入りの品を、大切に、身の回りに配置する。すると、心が落ち着いてくる。たくさんの物は、いらない。ただ本当に気に入ったものだけでいいのだ。こんな心境になるとは、若い頃の私には思いもよらなかった。

ソファのあるリビングは吹き抜けになっていて天井が高い。壁際に置いたＢＯＳＥ

の音量を上げると、ちょっとしたコンサートホールぐらいの迫力が味わえる。最近聴くのは、もっぱらショパンである。

このソファは、身体が沈みこまない堅さにしてもらった。腰の負担が軽減されるので、長時間の読書にも向いている。

子育てと仕事で長年放置しっぱなしの本が、山ほどある。子供達が独立したので、ようやく読書の習慣が再開できそうなのである。

しかし死ぬまでに読み切れるだろうか。そう考えると、そうそうぼうっともしていられないのだけれど。

第四章　小さな幸せの見つけ方

「幸せの青い鳥」ではないが、幸せは日常の中にこそあるものだと思う。

空いた二時間の使い道を考える、食べ尽くしている人を見る、初めて会った他人から信用される、女友達と買い物に行く……。

他人から見れば些細《ささい》なことでも、私にとってはみんな幸せな出来事だ。

二時間の幸福

空いた二時間の過ごし方を考える幸せ

今二時間、時間が空いたとすると、私はＤＶＤで映画を一本見る。中には三時間を超える超大作もあるが、大体のものは二時間前後で収まっている。

去年買った大型プラズマテレビの前で、私は四十七歳の練馬《ねりま》の主婦である現実を忘れ二時間、指輪を探す旅に出たり、悲恋の女王になったりするのだ。

空いた時間が一時間だと、この時間をどう使おうかと考えているうちに過ぎ去ってしまう。

が、二時間となると少し違う。

「のぞみ」に乗って名古屋《なごや》まで行ける。

薄い文庫本なら一冊読める。

まとまったお昼寝ができる。

電車に乗って池袋まで出かけて、デパ地下でおいしいお惣菜《そうざい》を買って帰ってこられる。

麻雀《マージャン》なら半荘《チャン》一回できる。

ゆっくりお風呂《ふろ》につかって髪も洗い、出てから丹念にブローして、なおかつばっちりメイクを心のゆとりをもって施せる。

クイックマッサージなら九十分コースを受けてからのんびり帰宅。

このように私は、ぽっかり空いた二時間の使い道を考えるだけで幸福感にひたることができるのだ。

新しいショッピングセンターだったはずなのに

年をとるに従って、一日、ひと月、一年があっという間にたってしまう。

ラジオから流れる三年前のヒットソングに私の子供達は、

「チョー懐かしい」

と、叫ぶ。けれど私にとっては、昨日聞いた曲のように思える。

「あんな場所にあんな店建ってたっけ?」

そう娘に聞くと、

「だいぶ前から建ってるよ」

「だいぶ前って、いつ？」

「四か月くらい前」

私にとって四か月前なんて、おとといくらいの感覚だ。

私が練馬の家に越してからもうすぐ二十年になる。

この場所を選んだのは、徒歩五分の場所に大型ショッピングセンターがあったからだ。食料品から衣服、文具、書籍まで大体のものはそこで調達できた。

引っ越してきて最初の頃は嬉《うれ》しくて毎日このショッピングセンターに通ったものだ。

あれから二十年近くたって、じつは今もまだ、ほぼ毎日ここに通っている。

食品売り場のどの棚にどの商品があるか、若い店員さんより私のほうが詳しいと思う。二十年毎日同じ食品売り場に通ったのかと考えると、愕然《がくぜん》とする。

「新しくてオシャレでキレイな大型ショッピングセンターだわ」

と、二十年前私は確実にそう思っていた。

ところが現在冷静な目で同じ店を見つめると、どこか精彩を欠いた古びたショッピングセンターでしかない。

二十年のうちの、一体いつから古びてしまったのか、それがどうしても思い出せないのだ。

日々、少しずつ、朽ちていったのだろう。毎日通っていたのに、いや毎日通っていたからこそ、

「この時期を境に、古びた」

とは言えないのである。

年をとるのはあっという間

二十四年連れ添った夫婦も同じであろう。あと一年で銀婚式というこの夫婦とはじつは私達夫婦のことだ。

「君は昔から全然変わらないなあ」

お世辞でも何でもなく、夫はたびたび私に向かって口にする。

これは、ショッピングセンターに毎日通って、そこが古びたことを気づかない買い物客と同じセリフだと思う。

夕暮れ、電車の窓に映る自分の顔を私は正視できない。このおばさん誰？　と一瞬思い、それが自分だと気づき落ち込む。

「君は二十年、全然変わらないね」

などと、一体どこの誰を見て言っているのだろう。じつは私の顔を見ずに、イメージの私に話しかけているのか、あるいは老眼が進んで何も見えていないかのどちらかに違いない。

夫は、自分が年をとったことにも気づいていない。家族でテーマパークに出かけた時のことである。アトラクションのコースターに家族全員で乗ろうと夫が提案した。

昔から彼はジェットコースター類が好きなのだ。

そのコースターの乗り場には注意書きの看板があった。

『次の方は、危険なので乗らないでください。心臓に障害のある方。妊娠中の方。六十歳以上の方……』

「じゃあオレは、あと三年でジェットコースターに乗れなくなるのか」

五十七歳だった夫が、驚きの声を上げた。

「オレはそんなに年寄りになっていたのか……」

年をとるのってあっという間だったわねぇと私が慰め、うんあっという間だったと夫は同意したのだった。

なんてことが昨日のことのようだねと笑いながら、私達は八十歳と七十歳の老夫婦になっているような気がする。その時はさすがに夫も、

「君は全然変わらないね」

とは言わないはずだ。

意識的に記憶を定着させようと試みる

年とともに、時間があっという間にたってしまう気がするのは、それはおそらく物忘れがひどくなっているからだと思う。

昨日一日の出来事を思い出そうとしても、三つくらいのことしか思い出せない。朝食べた物。昼会った人。夜見たテレビ。この三項目くらいしか頭に残っていない。一日が三項目くらいで済んでしまうので、一週間前のことを思い出そうとすると、3×7＝21で、二十一項目くらいさかのぼればたどり着く。

ところが若い頃は、いちいちいろんなことを覚えていたので、一日に百項目くらい情報を溜《た》めこんでいた。だから、一週間前のことを思い出そうとすると七百項目くらいさかのぼる仕組みになり、

「長い一週間だったなあ」

と感じるのだ。

要するに記憶力の低下によってスカスカの頭になった中高年は、ものすごいスピー

ドで時間がたったような気になるのである。現実は記憶の密度が減っただけなのに。

　本当に、これではあっという間に八十歳だと気づいた私は、できるだけ意識的に記憶を頭にたたき込もうとしている。

　だから、私には「とっておきの二時間」がとても貴重なのだ。これこそが生きる喜び、幸福の瞬間なのだと、心して、記憶に定着させようと試みる。けれどやっぱりうまく定着せず、夢の一瞬のように通り過ぎてしまうことのほうが多い。

　名作映画のＤＶＤは、心理的に二時間以上の長さと感動を私に与えてくれる。そしてあっという間に過ぎ去る夢のような体験（たとえばエステ）にひきかえ、いつまでも一シーンが心に残っていてくれたりする。だから何だか得をしたようで、ＤＶＤ鑑賞が目下の私の一番なのだ。

私にとっての楽しい食事

食べ尽くしている人を見るのが好き

知り合いの二十代の女性が彼氏の家へ遊びに行くというのでついてゆくことにした。〝彼〟は食事がまだだと言うので、食材を近くのスーパーで買いそろえてから、私達は訪問した。

三十代半ばの彼は、まさに働き盛り、食い盛り。私達が用意した海鮮キムチ鍋《なべ》、肉じゃが、串《くし》カツを次々とたいらげてゆく。

「コロッケは日持ちするので明日にとっておけば」

と制する彼女に、

「ここまで食べたんなら、コロッケも食べなきゃ。さあ、どんどん食べましょう」

と、私は彼にコロッケを勧めた。メンチも、エビフライも。

「サイモンさん、人の彼氏だと思って無責任に勧めないでくださいっ。ああ、ますますデブになるっ……」

じつは私は、人が食べ尽くしている姿を見るのが好きなのである。

人の彼氏もそうだが、自分の息子や夫がガツガツと一心不乱に皿をたいらげてゆく姿に、うっとり見とれてしまう。

十八歳の息子は、チャーハンを二人分食べたあと、ハンバーガー二個を食べる。しかもチャーハンの皿には米の一粒も残っていないのだ。

五十六歳の夫は、夜食だといってソーセージを山のようにゆであげ、それを皿に盛り、一本残らず食べてゆく。

「君も、一本どうだ」

「私は体形のため、夜食は一切とらない」

「そうか。オレはかまわない。太ったってかまわない」

そう言って夫は、手品のようにソーセージを口の中に吸い込んでゆく。その食べっぷりは見事である。

人は、食事をしなければ死んでしまう。食事とは人間にとって、もっとも重要な行為であるのだ。生きていくことは、食べることと眠ること、そう言っても過言ではない。

先日、連載漫画の取材で盆栽教室を訪れた。よりよく盆栽を識《し》るために、山紅葉の鉢をひとついただいて自分で育てることにした。

「水を遣《や》ること。夜は暗い場所に置き、昼は日光を当てること」

難しそうに思っていた盆栽も、基本はこんなものでよいらしい。つまり、食べることと寝ること（起きて日光で光合成を充分に行うためには、夜は暗いところで眠らせなければいけないらしい）。地球上のほとんどの生物にとって、生きることはそういうことなのだ。

食事と社交は両立しない

近年、食にこだわる人々が増えている。そのこだわりは、味だったり安全性だったりする。

「おいしい物食べに行きましょう」

「何か、おいしい物でも食べながら」

仕事上での付き合いの人からのお誘い文句である。けれど、打ち合わせをしながらの、あるいは初対面のエラい人と向かい合っての食事というものは、味よりは会話に集中しなくてはいけなく、その結果、せっかくのおいしい物も味わうどころではなくなる。目をつぶり舌に全神経を集めゆっくりその味を確かめたりしていると、人の話を全然聞いてないこんな奴と思われてしまうからだ。

　仲のよい女友達との食事もやはり、味どころではない。喋《しゃべ》ることに夢中になって、何を食べたかも覚えていない。

　ステキな男性と二人きりだともっと困る。向かい合ったテーブルで二人になると、相手が喋っている時にこちらが口をモグモグさせるのは失礼な気がするし、こっちだって口に物を含んだまま喋れない。かといって二人が黙ってモクモクと食事するわけにもいかない。

　こう考えると、おいしい物は家族で食べるのが一番ということになってしまう。会話に集中する必要もないし、食べるのを忘れるほどおもしろい話ももはやない。多少お行儀が悪くてもいつものことだから驚きもしない。だから、食一点に集中しても許されるのだ。家族で食べる御飯は、限り無くひとりでとる食事に近いと、私は考えている。気を遣わずに食に集中できるという意味で。

　ウチの子供達は、家族だけでも〝外食〟は嫌がった。

「外で食べると気を遣うから」

という理由で。これは子供達がまだ幼く、より動物に近い生き物であった時の発言だ。本能として、食事と社交は両立しないことを知っていたのだろう。

デザート時間の〝仕事の発注〟が怖い

しかし最近、私は外食においてその味をたっぷり堪能《たんのう》できる術《すべ》を発見した。複数名の会合で、その場の主役にならなければいいのだ。七、八名の集まりで隅の方に座り、主役、準主役の二人に喋らせておいて、私はこっそりまぶたを閉じてその美味にひたればいいのである。

けれど私は滅多にこのような会合に呼ばれない。

たまに担当編集者から、

「編集長がおいしい物を食べに行きましょう、と言ってますよ」

と誘われる。その食事の場に行くと、私と編集長ばかり喋っていて、当の担当者は食に集中しているではないか。ひどいのになると先に酔っ払って眠ってしまっている。

一方、初対面の編集長に高級店でめいっぱいおごってもらったあと、デザートの時に、

「それでは、ウチにはいつ書いてもらえますか」

と言われる瞬間が、私にとって緊張のピークとなる。

「今日はとてもおいしかったですけれども、それは、それ。これは、これ」

と正直に言えればどれほど楽だろう。このデザート時間での〝仕事の発注〟が怖くて、私はコースの中盤頃から食事どころではなくなるのだ。

高級店での食い逃げは人として道に外れている。しかし、今のスケジュールではこれ以上仕事を増やせない。食い物につられて意に染まぬ仕事を引き受けるのは作家としていかがなものか。

などなどと逡巡《しゅんじゅん》して、挙げ句に、

「おいしい物食べましょう」

という目先のエサに釣られて、つい出てきてしまった自分の浅はかさを深く深く悔やむのだ。

「この仕事、お引き受けしたいのはヤマヤマなんですが、今はとても、……で、○年後には必ず……」

このウヤムヤな私の返事で、あんなにおいしかった食事も胃の中で砂のように重くなってしまう。

だからこそ、無心で食事にくらいつく人々を見るのが私は好きなのだ。

食は本来、こうあるべきだ。

おいしいものを本能のままに、心ゆくまで味わい尽くす。無心に生きるための食事に集中している人間は、生命エネルギーを周囲にまでまき散らしているから、何だか元気がもらえる気がするのだ。

だから私は、食べている人を見るのが好きなのである。

信用される幸福

トイレで見ず知らずの赤ちゃんを預かる

最近よく、人から道を尋ねられる。チラシ配りや、キャッチセールスが嫌で、繁華街を歩いている時の声かけは、極力目を合わせぬようにして、足早に通り過ぎる。が、人通りの少ない白昼に人から呼び止められると必ず立ち止まる。たいていは、道に迷った人からの質問だ。私はよっぽどぼ～っと歩いているのか、結構な頻度で人から呼び止められる。

でも、考えてみればありがたいことだ。これってつまり、私は他人から見て「信用できそうな人」に見えるということなのだから。

たとえば、どんなに道に迷っても、いかにも暴力団風な男が向こうからやってきたなら、声をかけないだろう。私自身、道を尋ねる時は相手を選ぶ。

先日、デパートのトイレで化粧直しをしていた時のことである。そこへ、バギーに

赤ちゃんを乗せた若いお母さんが入ってきた。と、私の顔を見るなり、

「少しの時間、この子を見ててくれませんか」

と言うではないか。驚いた私がとっさの返事もできずにいると、

「本当に、少しの時間ですから」

さらに頼み込んでくるので、

「ああ、いいですよ」

私もつい引き受けてしまった。

母親は猛スピードで個室に駆け込み、確かにわずかな時間で用を足して出てきた。その間赤ん坊はすやすや眠っていて、私はただその寝顔を眺めていただけである。

その時期はちょうど、他人の赤ん坊を「可愛いですね、抱っこさせて」と抱き上げ、足の骨をぽきぽき折った女が逮捕された事件の頃である。よく、他人に赤ん坊を預ける気になったものだと、預けられた私のほうがむしろどきどきしてしまった。

礼を言って頭を下げる母親に、鼻の高い整った顔立ちの赤ん坊だったので、

「可愛いですね。今何か月ですか」

私は尋ねた。

「……ウチの子、小さくて……。もう二歳なんです」

どうりで顔立ちもしっかりしていたのだ。そういえば、私の子供も三歳までバギーに乗っていたことをその瞬間思い出した。バギーに乗ってる、イコール、赤ちゃん。ではないのだ。そうか。二歳なら足の骨を折られることもないか。

しかし、バギーごと幼児を連れ去ることも可能である。結論として、彼女にとって私は幼児を誘拐する人間にはとても見えない風貌《ふうぼう》であったということなのだ。預かった以上は責任持ってくれそうな人物に見えたのだろう。そう考えると、ありがたいことだ。

思いもかけず、他人から信用されると嬉《うれ》しくなる。私はそんな上等な人間じゃないよと腹の底で抗《あらが》うけれど、やっぱり嬉しいものだ。


信用されるのは嬉しいけれど……


根拠のない信用というものを、私は昔から得ていて、同級生の友人の母親からは、

「ジュンコちゃん（私の本名）と一緒なら、いいわよ」

と、必ず言われたものだ。年を経た今でも、危うい人妻を持つ亭主達から、

「サイモンさんと一緒なら、いい」

と、妻の夜遊びを容認する発言をいただいている。

私が過去最大に信用されたのが、数年前、骨董市《こっとういち》の時のことである。気に入った染め付けの皿を見つけたので、数枚購入することにした。江戸時代初期のもので、合計すると十一万円ぐらいになった。

あいにく手持ちの現金は二～三万円しかなかった。イベント会場での特設骨董市なので、カード支払いができない。

「では、明日にでも代金を振り込みますので、品物はそのあと配送してください」

そう私が言うと、

「品物は、今包んであげるから持って帰ってください」

と言うではないか。

「では、手付金は……？」

「いらない」

「えっ」

「あとで振り込んでくれたらいいから」

それでは悪いからと、一万円その場で渡して品物を持って帰った。もちろん翌日すぐさま、残りの代金を振り込んだのだが。

この話を人にすると、皿が偽物とか粗悪品じゃないのとか言われるが、そんなことはない。そして、その骨董店は今も都内で優良店として営業している。しかし、なぜそこまで信用したのか。

信用されると嬉しいが、あまりに信用されても居心地が悪いものである。

女友達との買い物

買い物で手軽に達成感を得る

女はなぜ、こんなに買い物が好きなのであろう。人気の観光地には、必ずオバサンが喜びそうな品揃えのお店があり、案の定オバサン達で店内は賑《にぎ》わっている。オシャレ老眼鏡や、和テイストの小物類、押し花の透かしの入った便せん、等々。

じつは私も、油断するとつい、その手のものを買ってしまう。

旅に出ると、いや、外に出ると、とにかく何でもいいから一個は買い物をしなくては気が済まない性格なのだ。なぜだろう。どうやら私は買い物して家に戻らねば、外出した意味がないと思っているらしい。

もともと家にいるのが大好きなので、用も無く外に出るのはもったいないと考えている。だから、外に出たからには、何か用を成し遂げたい。一番手軽な達成感が、私の場合「買い物」なのである。

おかげで、家の中はがらくただらけである。根が貧乏性の私は、安価の小物で買い物欲を満足させる。それがますます家の中を混乱させるのだ。高いバッグを買うと良心が痛むが、安いがらくたを大量に買うと誇らしげな気分になる。どちらも無駄な買い物ということに変わりはないのに。

女友達との買い物は、リアル「着せ替え人形ごっこ」

そんな私であるが、家にがらくたを増やさずに、しかも買い物欲を満足させる方法を最近見つけたのだ。

女友達と、買い物に行く。彼女が求めている物を一緒に探す。

たとえば四十代の友人が結婚披露宴二次会出席用のワンピースを探しているとする。

「予算は？　生地は？　デザインは？」

彼女の条件を踏まえて、一緒にお店巡りをする。目ぼしいものを見つけては試着を繰り返す。新宿伊勢丹《いせたん》、銀座松屋《ぎんざまつや》に、バーニーズ。半日かけて、彼女の買い物に付き添うのだ。そしてようやく、納得の一着を見つけた時の達成感。それは、自分の買い物とまったく同じ高揚感だと、私は気づいたのである。

女四人で御殿場《ごてんば》のアウトレットに行った時も、

「これは、貴女《あなた》に似合うわ。そっちは、彼女ね」

と、自分のものをそっちのけで互いに選びっこをする。というのも、この年になると自分の似合う服、小物がわかってくる。しかしそれは買い物の選択の幅が狭まることでもあるのだ。自分に似合わない服は最初から視界から消えている。でも、もっともっといろんな買い物をしたいじゃないですか。

私はシフォンのキャミが致命的に似合わない。しかし、華奢《きやしや》で色っぽい友人のためにアウトレットモール中を歩き回り、これぞ、の一着を見つけ彼女に試着させてみる。

「似合うわ。やっぱり、私の思ったとおり。貴女、これを買いなさい」

その結果彼女は自分にぴったり似合う服をゲットできるし、私もまるで自分がシフォンのキャミを買ったかのような錯覚と満足感を味わうこととなる。

考えてみると、これってリアル「着せ替え人形ごっこ」なのかも。

着せ替え人形遊びも楽しめ、なおかつ、買い物欲も充足できる。だから女友達との買い物はやめられないのだ。

香りの楽しみ

ボディ乳液のほんのりとしたいい香り

香りは苦手で、香水類は一切つけないことにしていた。

なぜ苦手かというと、香りのついた衣服をクローゼットに吊《つ》るしておくと、残り香が全体に広がり、そこにかかっているすべての服に匂いがついてしまうからだ。

それに加え、男性の多くはきつい香水の匂いを好まない。強い香りの女性とすれ違いざま、

「うわっ、くさい」

と、あからさまに顔をしかめる男性を幾度となく私は目撃してきた。

だから、私は香りをつけなかった。

欧米人は体臭が強いから香水でごまかすのだ。淡泊な我々は、香りをつける必要がない。そう私はずっと思っていたのだ。

が、今年の正月のことである。

取材の一環で、私は正月恒例のデパート福袋を買うことになった。担当女性編集者(三十代、独身)と、どの福袋がもっとも当たり外れが少ないかと検討した結果、化粧品の福袋がよかろうということになった。

そこで、某外資系ブランド化粧品メーカーの一万円の福袋を買うことにした。若すぎるアイテムは彼女に譲り、年増《としま》タイプの基礎化粧品が入っていれば私がもらうということで、山分けの相談もまとまった。

福袋内には、合計定価四万五千円分の化粧品が入っていた。これは単純に考えると大もうけである。

グロスや白いアイシャドーなどは彼女にあげた。私は、赤いルージュと白いマニキュア、それからボディ乳液を取った。

定価六千五百円のボディ乳液。そもそもボディ乳液とは何ぞや。福袋に入っていなければ、私は一生こんなものを手に取ることはなかったであろう。

ところが、これが思わぬ拾い物であったのだ。全身に塗ると、ほんのりといい塩梅《あんばい》の香りが立ち上る。オーデコロンよりも軽く、しかも全身から均等に香りが漂ってくるのでわざとらしくない。

香りとフェロモンの関係

いい香りは、やはりいいのだ。

いい香りは、人を気分よくさせるのだ。

と、何だか当たり前のことに気づいてしまった。

私の周囲の男性の何人かが、きつい香水に対して、

「くさい」

というのを目撃したからといって、それをすべての男性の意見にまで広げたのは私の早トチリだったのかもしれない。

よく考えると私という連れが横にいる時に、

「今、通り過ぎた女性はとてもいい香りがしましたね」

などと、言うはずがない。心の中でそう感じていたとしても。

私も、若い時にもっと香りの演出を考えていれば、多少なりともモテ度が上がっていただろう（そうでもないか）。

フェロモンは、視覚か聴覚か嗅覚《きゅうかく》かと考えたことがある。

「あの人は色っぽい」

と称する時、その色っぽさは姿カタチだけに宿るものなのか。恐ろしく低いダミ声の美女は、果たして色っぽいと呼べるのか。また、目をつぶっていると色っぽさを認識することができるのかできないのか。などなどと、ひとりで考えた時期がある。

フェロモンとはそもそも、動物の体内で生産された化学物質が体外に発せられた時に、同種の他の個体にある種の行動を引き起こす、その分泌物のことである。だとしたら、フェロモンと容姿は関係ない。むしろ、匂いであろう。分泌物という言葉自体、匂いを想像させる。

香水類は体の表面に塗るものだから、偽フェロモンっぽいが、ボディ乳液は一度皮膚に浸透してから再び染み出してくるという点で、より動物の分泌物っぽくはないか？

ボディ乳液は、侮れない。これからのフェロモン戦略として押さえておく必要がある。しかし、何のための戦略なのだろう。

香りにまつわる短篇漫画

匂いを作るプロ、という職業があるということを知ったのは数年前、テレビの情報番組からである。

化学薬品Aと化学薬品Bを混ぜると、たとえばバナナの匂いを作ることができる。その匂いをガムにつけると、バナナ味のチューインガムができるのだ。バナナ味のチューインガムには、バナナの粉末が入っているに違いないと思い込んでいた私には、大きな衝撃であった。

衝撃のあまり、私はそれを題材に漫画を一本描いてしまった。

主人公は、香りの調香師。夫と二人暮らしで子供はいない。

ある日、夫が小学校低学年の男の子を連れて帰ってきた。遠い親戚《しんせき》の子を預かったという。夫婦二人きりの日常が、突然にぎやかになる。まるで本当の家族のように、三人で語り、笑い、思い出を作り上げる。

が、突然男の子は去っていく。

また、夫婦二人だけの生活が戻ってきたかと思うと、進行性のガンで夫はあっけなく死んでしまう。

じつは、男の子は「レンタル家族」（一時期そのようなものがマスコミをにぎわした）の子供だったのだ。

自分の死を悟った夫が、妻に「子供のいる生活」を少しでも味わわせてやりたくて、子供をレンタルしてきたのだった。

夫の死後、香りの調香師である妻は、化学薬品で〈夫〉と〈息子〉の匂いを作り出す。〈夫〉は、地下鉄と整髪料とわずかな煙草の混じり合った匂い。〈息子〉は、日なたと土埃《つちぼこり》と枯れ草の匂い。

そうやって、二人の匂いを壜《びん》に詰め、その香りを嗅《か》ぎながら夜の町を散歩すると、親子三人で歩いている気持ちになれる。

――といったふうな漫画を描いたのだ。

私としては、今も気に入っている短篇である。

世の中のかすかな匂いを楽しむ

匂いは、一瞬の記憶を蘇《よみがえ》らせてくれることもある。

私の娘が幼稚園に通っていた頃、

「お母さん、雨が降ると昨日の匂いがするね」

と、言った。私は、感動した。この子は将来偉大な詩人になるに違いないと思ったが、それは見当違いというものだった。

「お母さん、冷蔵庫の中くさい。何か腐ったモノ入れてんじゃないの」

としか、言わない娘に育ったからだ。

雨上がりの湿った土の香りは、私も好きである。

夏が近づき青い匂いがたちこめる。野原に、この季節を表現するのに「草いきれ」という言葉を当てはめた日本人の感受性は素晴らしい。

マニアックなところでは、新幹線のデッキの機械油の匂いや、銀行のフロアに漂う新札の香りが入り混じった匂いも好きだ。その年初めてスイッチを入れたエアコンから送られるちょっとカビくさい冷気もいい。

私が長年、香水をつけなかった理由も、じつはここにあるのだ。

自分が強い香りに包まれていると、世の中の微妙な匂いが楽しめなくなるから。

それでもボディ乳液をつける気になったのは、世間から微妙ないい匂いが減ったからかもしれない。

ストレスを溜《た》めない方法

嫌な感情は言葉に置き換える前に忘れること

人間の脳は、感情を言葉に置き換えて反復することで、記憶を定着させるらしい。なので私は、嫌な感情が浮かんでも、それを言葉に置き換える前に忘れるようにしている。こうなるまでは、時間がかかった。

子供がまだ小さかった頃のことだ。私は仕事と育児の両立に疲れ果てていつもイライラしていた。

子供は、ちっとも言うことを聞かず、手間ばかりかかり、おかげで物事すべてが私の計画通りに進まなかった。

「お母さん、お水」

ダイニングで椅子に座ったまま三歳の娘が私に要求する。

その時、私の頭の中では、

（お水ぐらい自分でコップに注げばいいじゃないの↓いや、娘はまだ小さいから無理か↓だったらそばで新聞なんか読んでないで、夫がやってくれればいいのに↓夫はいつも家事を私に押し付ける↓なんでこんな男と結婚したのだろう↓夫のすべてが、もう嫌）

このような思いがものすごいスピードで駆け巡るのだ。

そして、

「ああ、もう嫌だ。家事も育児も、夫もすべて嫌」

という負の感情が、私の脳の中でどんどん膨らんでいったのだった。毎日がそのような繰り返しで、ストレスに押しつぶされそうなつらい日々だった。

むっとしたら、何も考えずに三歩歩く

このままではいけない、ある日私は気づいた。

「あれこれ考えずに、とにかく身体を動かそう」

そう考えた私は、感情を言葉に置き換えるのを一切やめ、その代わりに身体を動かすことに決めたのだ。

「お母さん、コップを取って」

「……」

私は何も考えず、食器棚に向かいコップを取り出し、娘の前に置く、ただそれだけ。

そんなことをしばらく繰り返していると、やがて、

「コップ」

の二言を聞けば、条件反射で身体が動き、負の感情に支配されることもなく（つまりは、ストレスを感じることもなく）、穏やかに家庭生活が送れるようになったのである。

いつでも動けるように、ダイニングに居る時は私は決して椅子に座らず立っていることにした。この習慣は今も続いている。考えないので、それがつらいとは、今も思わない。

この体験を通して、

「要するに、嫌なことは、すぐ忘れることにすればいいのだな」

そう、私は気づいたのだ。

たとえば、近所の人から、無礼な言葉をかけられたとする。

「お宅の息子さん、第一志望の学校落ちたんですって？」

そう言われれば、誰だってむっとする。そして、

（大きなお世話だわ。あんたんちの子供だって大した学校に行ってないくせに）

このような反撃の言葉が頭に浮かび、それがずっと頭にこびりつき、不愉快な気分のまま一日が終わったりする。

そんな時は、むっとしても、そのあと何にも考えずに三歩歩きましょう。三歩の間頭を無にすれば、嫌な感情は定着しない。これは、私の経験則である。

そして、その日一日隣人について一切考えることをやめれば夕方にはすっかり忘れ、夜もぐっすり眠れて、次の日は爽快《そうかい》に目覚めることができるのだ。

嫌な相手には反論せずに無視をするのが一番。頭の中で、反論を繰り返していると、それが育ってしまう。そのため、ますます相手のことを嫌いになってしまう悪循環となるのだ。

嫌な言葉はうっちゃっておこう

じつは、他人は〈あなた〉のことにそれほど深い関心を抱いていない。

〈あなた〉に対して何気なく無神経な言葉を吐いてしまっただけで、向こうも三歩歩いているうちに、そのことをすっかり忘れていたりするのだ。

なので、頭の中で仮想敵相手に全面戦争を繰り広げたところで、それはもう本当に徒労なのだ。

ストレスを感じそうな人には近づかない。これが、一番だ。

しかし、どうしても毎日顔を合わせなければいけない相手（夫とか姑《しゅうとめ》）であった場合は、ストレスを感じさせる言葉を相手が発した瞬間、それを聞き流すワザを身につけるといい。

昔の日本の夫婦は、夫が勝手なことを一方的に喋《しゃべ》る家庭が大半だった。そんな時妻は適当に、

「ふんふん、そうですね」

と聞き流して相手にせず、家庭の平和を築いたのである。

本気で相手をしようとするから腹が立つ。

嫌な言葉はうっちゃっておけばいいのだ。

第五章　思い出にひたる幸福

人生を重ねると、思い出が増えてくる。

少女時代の思い出、子供たちが小さかった時の思い出も宝物だ。

普段は忘れていることでも、思い出の品をきっかけにさまざまな記憶が蘇《よみがえ》ることもある。

幸福な思い出の数だけ、人生に感謝することができる。

思い出にひたる幸福

引っ越し準備で出てくる思い出の品の数々

引っ越しすることに決めた。とはいうものの、まだ何の準備もできておらず、二十六年間住んだ家の荷物をどう処分するのか、どれを捨て、どれを持っていくのか、見当もつかない。

今まだ住んでいる住居は、二十五歳の長男が生まれる前に入居したもの。だから、息子の使ったおしめが依然クローゼットの棚の上に残っていたりする。さすがにこれは処分する。

けれど、私が三十一年前お嫁入りの時に徳島の洋品店でオーダーメイドしたワンピース（結局二回ぐらいしか着なかった）などは、捨てるにしのびない。生地も仕立てもいいのだ。何より、嫁入り支度として実家の母が新調したワンピースを持たせるという風習として、私にとっての文化財的価値を持つのだ。

同様、子供達のお宮参りの着物や、娘が中学生の時に着たセーラー服をどうして捨てられようか。

夫は、引っ越し先にはガラクタは一切持ち込むなと言う。しかし、捨てられなかったガラクタを手にし、その品にまつわる思い出にひたる時間って、なんとまあうっとりと素敵なんでしょう。

人間の脳は不思議で、普段はすっかり忘れていることでも、思い出の品をきっかけにその周辺の記憶が鮮やかに蘇ってきたりするのだ。

バービー人形との再会で少女時代が蘇る

昨年末、松屋銀座でバービー人形展が開催された。じつは私は少女時代バービー人形コレクターであったのだ。

昭和三十年代の徳島でバービー人形を持っていたのは、多分ウチの姉妹ぐらいではなかったのではないか。

いいえ、自慢ではなく。祖父がハイカラ好きで大阪に出かけてはハイカラな玩具《おもちゃ》を買ってきてくれていたのだ。その中にバービー人形があった。実際私達姉妹以外に、バービー人形を持っている友人はいなかった。

私と姉は、祖父に連れられて大阪に遊びに行くたびに、バービーの衣装を買い漁《あさ》った。ハイヒール、バッグ、パンティといった小物類も驚きの充実であった。ボーイフレンドのケンも、妹のスキッパーも持っていた。

しかし、それらすべてのコレクションが、いつの間にか消滅していた。母は整理整《せい》頓《とん》下手で掃除嫌いなので、おそらく私自らの手で処分したのであろう。突っ張っていた思春期、お人形なんかしゃらくせいと一気に捨ててしまったに違いない。一九七〇年代、ヒッピーやウッドストックに強く憧《あこが》れていたため、精神としてバービーを迫害してしまったのね。

ところが今回バービー展で懐かしの人形に再会し、

「このギンガムチェックのワンピースも持っていた。このプラスチック製のハイヒールも。そして、そうそうこの紙箱のイラストも覚えている！」

少女時代の記憶がまざまざと蘇ったのである。

何でも、ごく初期の貴重なバービーは一体四百万円もするとか。

お金の問題ではないけれど、でも、ああなぜ、私はバービーを捨ててしまったのだろう。私はしばらくの間、後悔の念に苛《さいな》まれ、それをいまだに引きずっている。

引っ越しに備えてガラクタを捨てなければ。いやしかし、バービー人形のようにお宝に変身するかもしれない。それに今捨ててしまえば、一生巡り合えない品かもしれない。ということは、この品周辺の思い出も、一切忘れてしまうということか。

子供達も同じ気持ちらしく、数年前から、

「ビックリマンチョコ・シールを集めたノートがどうしても見つからない」

と、大騒ぎしている。

ビックリマンチョコと聞いただけで、鼻に抜けるチョコウエハースの香りが蘇ってきた。子供達はシール集めに夢中で、チョコはもっぱら私が食べていたなあ。

ともかく、あと三か月。心を鬼にして思い出の品の仕分け作業をしなくては。

一九八二年

長女の出産から始まった一九八二年

一九八二年一月、私は第一子である長女を成増《なります》の産院で出産した。

雪の多い年で、乳飲み子をあやしながら、私はずっと窓の外の降りしきる雪を見ていたことを覚えている。

赤ん坊に乳をやりながらテレビニュースに目を移すと、ホテルが燃えていた。その三年前、大学卒業の謝恩会を行ったホテルである。謝恩会委員の私は、ホテルの支配人とも打ち合わせで何度か顔を合わせていた。私は胸が痛んだ。

「あの支配人さんも、えらいこっちゃ」

上京十年未満の時期、私の心のつぶやきは、まだすべて阿波《あわ》弁であった。

ホテルニュージャパンの火災の翌日は、お産の手伝いにきてくれていた郷里の母が、徳島に戻る予定の日であった。が、

「お義母《かあ》さん、羽田《はねだ》から飛行機で徳島には帰れません！」

テレビを見ていた夫が叫んだ。

「日航機が滑走路手前で海に飛び込んでる」

ホテル火事の翌日が、機長の逆噴射事件である。

オムツ替えをしながら麻雀《マージャン》をする

このように、驚きの事件で始まった一九八二年。私は、ヤングマガジンで『P.S.元気です、俊平』という漫画を連載していた。

出産のためしばらくお休みをもらっていいはずなのに、産後一か月で連載を再開させられた記憶がある。

予定日の二週間前まで原稿を描き、産後二週間で「連載お休みしてゴメンナサイ」カットを描かされた挙げ句に、隔週締め切りの連載漫画が再開したのだった。

夫も私も、赤ん坊のことを甘く見ていた。当時私は自宅で漫画を描いていたので、赤ん坊を籠《かご》にでも入れておけば、そのそばで漫画を描けると思っていたのだ。なので、保育園もベビー・シッターも何の手配もしていなかった。

それでも生後六か月までは、ゆりかごを足で揺らしながら漫画を描く、という離れ業を駆使してひとりで赤ん坊を育てていたのだった。

そんな慌ただしいある日、講談社の男性編集者三人がやってきたのだ。

「サイモンさん、麻雀しようよ」

「えっ。でも、赤ん坊が……」

「そんなの、そばに寝かしておけばいいよ。ところでさあ、今度新しく『モーニング』という漫画雑誌が出るんだけど、サイモンさんも描かない？」

産後間もない私を麻雀のカモにしようと訪れたのは、『コミックモーニング』初代編集長と副編集長、それに担当編集だったのである。

さすがに授乳はしなかったが、オムツ替えをしながらの麻雀など、よくやったものである。

夫（弘兼憲史《ひろかねけんし》）は、『ハロー張りネズミ』『人間交差点』の二本の締め切りを抱えていたため育児にまったく関わらなかったのはわかる。けれどなぜ、モーニング編集部との麻雀に同席していなかったのかは不明である。

まあ、当時から私の麻雀があまりに下手なので一緒に打つのを嫌がっていたのは確かであるのだが。

日本初上陸のダウンコートを三十回分割払いで購入

娘がハイハイを始め、さすがに育児と漫画の両立はもう無理だということで、夫が両親を山口から呼び寄せ、昼間の仕事の間だけ預かってもらうことになった。

「私達が子供をみるので、あなたはどんどん仕事をしなさい」

そう姑《しゅうとめ》に言われた私は、もはや引き下がることもできず、来る仕事来る仕事すべて引き受けるようになった。

本心は、子供を産んだら仕事をセーブし、育児優先の人生を送るつもりだったのだが。

別冊アクションで『女ともだち』のシリーズはすでに始まっていた。

新潮社《しんちょうしゃ》から『大コラム』というコラムばかり集めた雑誌を作るので、一本文章を書いてみませんかと言われ、おそらく初めてエッセイのようなものを書いたのもこの時期である。

成増の2DKのマンションで、オムツとミルクにまみれて漫画を描いて終わった私の一九八二年である。

当時日本初上陸と言われたダウンコートを、夫婦で丸井《まるい》の月賦で買ったのを覚えている。小学館《しょうがくかん》の編集で「元・慶應《けいおう》のサーフィン部」だったという男に、これからはへビーデューティーですよと教えられ、飛びついたのだった。

一着七万円のコートを三十回分割払いで、私は赤、夫は緑か紺であった。その後いったんダウンがさびれた時代にそれらは捨ててしまったが、現在ユニクロで二千二百九十円のウルトラダウンベストを見るたびに、月賦で買った一九八二年のダウンコートを思い出すのである。

足踏みミシンとワンピース

幼心をつかんで離さない魅力的なマシン

昭和三十年代、徳島の我が家には足踏みミシンがずっと置かれていた。母は手先が器用な人で、私と姉の洋服はもちろんのこと、六歳年の離れた従姉《いとこ》の服までも、ミシンでちゃかちゃかちゃか仕上げていたのだった。布地に型紙をあて、ヘラで印をつけてからはさみでジョキジョキジョキ切り、しつけ縫いのあとミシンで一気に仕上げる。

その一連の作業を眺めるのが、私はとても好きだった。ミシンの下にもぐり込んで、ペダルの仕組みを探ってみたりもした。足で踏んで、なぜ針が下りるのかが不思議で仕方なかったのだ。ボビンの精巧な作りにも見惚《みほ》れた。ともかくも、私の幼心をつかんで離さない魅力的なマシンだった。

古いアルバムには、私と姉、従姉の三人が同じ生地でデザインが少しずつ違ったワンピースを着て並んで写っている写真が残っている。大きな花柄で、幼い私は「カーテンみたい」と当初は嫌いだった。

しかし、映画「サウンド・オブ・ミュージック」で家庭教師マリアがカーテンを裁断して子供達の服を縫い上げるシーンを見てからは、それを着るたび自分がトラップ大佐の子供になったように思えて、お気に入りの一着となったのだった。

大人の同窓会

過去と現在の入り混じった奇妙な空間

同窓会に出席すると、人は妙な気分を味わうことになる。

かつて慣れ親しんだ人物との、十数年ぶりの再会。その人の中に、懐かしく変わらない部分と、明らかに変わってしまった部分を見つけ、そのどちらに照準を合わせてよいのか戸惑ってしまうからだ。

何だか偉そうな肩書きのいっぱいついたカップクのいい中年男性に向かって、「○○君」などと、気やすく声をかけてよいものなのか。その一方、過去の片思いの相手と再会して、せつない気持ちがリアルに蘇《よみがえ》ってきたりもする。

同窓会会場の中で、人は過去と現在の入り混じった奇妙な空間に投げ込まれてしまうのだ。

学生時代は地味で目立たなかった女の子が驚くほど垢《あか》ぬけてキレイになっていたり

する。逆に、男子にチヤホヤされていたクラスのアイドルが、ただのオバサンになっていたり。

しかし、同窓会での女のヒエラルキーを決定するのは美貌《びぼう》やスタイルではなく、「いかに幸せそうに見えるか」なのである。

どんなに若づくりして化粧を入念に施しても、それが痛々しく見えてはアウトである。頑張れば頑張るほど、男子達は引いてしまう。かつて私達の合い言葉は、「同窓会に着物でくる女には気をつけろ」であった。

同窓会女子の不思議、同窓会男子の不思議

同窓会女子の不思議といえば、過去に地味だった女が今どんなに洗練された美女になっていても、過去の女王様（今は衰えている）にひれ伏してしまうことだろう。この現象は、男にはとうてい理解できないはずだ。

会場で女王様が命じるままに、下僕だった女は飲み物を取りに行ったりしてしまう。青春時代の刷り込みとは、かくも恐ろしいものなのだ。

一方、女に理解できない同窓会男子の不思議は、若い頃憧《あこが》れた女性に対してその気持ちをずっと持ち続けていることであろう。

サユリストが永遠に吉永小百合《よしながさゆり》を崇拝するが如く。

その点、女性のほうが現実的である。

「憧れの王子様が波平ハゲになっていて、一気に冷めたわ～」

二十年ぶりに大学の同窓会に出席したという女性から、私が実際に聞いたセリフである。

女は、かつてぱっとしなかった男子が感じ良くなっていたらちゃんと評価してあげるのだが、男はいつまでたっても昔自分が可愛いと思った女しか認めない傾向がある。この男女差はおもしろい。

さまざまな思いが交錯する同窓会。仕事に忙殺されるサラリーマンや、家事と育児で家庭に縛られている主婦にとっては、そこが日常から一瞬離れられる魅惑的な場所であることに間違いないだろう。

しかし、今目の前にいるのは、かつての同級生と同じ人間ではないことを肝に銘じなければいけない。時間と経験は人を変えるものなのだから。

変わった部分と変わらない部分。その両方を受け入れられるのが、大人の同窓会なのである。

捨てない幸せ

写真は捨てられない！

捨てられないモノの第一位。私にとってそれは〈写真〉である。

子供二人を小さな頃から撮りだめた写真は、おそらく千枚単位であろう。デジカメが普及する前に生まれた子供達なので、すべて紙焼きである。それらの大半が整理されぬまま段ボール箱の中に放置されている。

よく撮れた、とっておきの一枚はアルバムに整理するのだが、それ以外のボツ写真も捨てるには忍びなく、

「子供時代のこの顔は、もう二度と戻ってこないのだから」

と、全部残している。

しかし、あまりの数の膨大さに息子と二人で手分けして整理することにした。息子は小さい頃肥満児で、生後半年で八キロもあり、見事な巨デブだったため、

「ボクの巨デブシリーズだけピックアップして残す」

と言い出し、数千枚の中から自分のデブ写真ばかり選び始めた。

私は、二人の子供のヘン顔ばかりをボツ写真の中から拾い出す作業にかかった。

しかし、巨デブ写真も、ヘン顔写真も、並べてみるとどれも写真として素晴らしいではないか。

澄ました顔の写真よりも、当時の臨場感が伝わってくる。カメラを意識していないので素直な感情のおもむくままの表情なのだ。

大人を撮った写真がなぜつまらないかがよくわかった。大人はみんな、よく写ろうとして気取ったり、作り笑顔をしたりするから全然おもしろ味が無いのだ。ありったけの感情を顔に表す子供達の写真のおもしろさ。——などと感心していると、結局またどの写真も一枚たりとも捨てられない状況に舞い戻っている。

大人になってからの自分の写真はつまらないので、思い切って全部捨てようとしたのだが、その時代時代のヘアスタイルやファッションが懐かしくて記録の意味でも捨てられない。私のデブ写真・ブス写真も、それもまたおもしろくて保存版となってしまった。

その一方、

「おとうさんは何十年も同じ顔で変化してなくてつまんないから捨てようね」

そう言って夫の写真は大量に捨ててしまった。だってゴルフのスイングのコマ取りの写真なんて必要ないでしょう？　ファッションもヘアスタイルも数十年止まったままだし。まあ、家族で出かけるとカメラマン担当なので、もともと写真は少ないのだが。

幸せだからいいのだ

さて次に私が捨てられないモノは〈紙袋〉である。お洋服や化粧品を買った時にいただく紙袋が、捨てられずに相当な数ある。

遊びにきてくれた友人にお土産代わりに私の最新刊を渡そうとする時、段ボール箱で送られてきたリンゴを近所におすそ分けしようとする時、

「ちょうど適当な紙袋が無いっ」

と、大騒ぎするのが嫌で、何でもかんでも紙袋は取っておく習慣が身についてしまっている。

私が家に〈モノ〉を持ち込み、それを捨てようか捨てまいか迷った時は、必ずこのように自問する。

「昨日までのその〈モノ〉はここになかったが、それで私は不幸だった？」

するとと、たいていの〈モノ〉は躊躇《ちゅうちょ》なく捨てられるのだ。

ところが、〈紙袋〉は、適当な袋が無いと騒ぐ未来の私が不幸にならないようにと思い捨てられない。〈写真〉は、一枚たりとも失ったら後悔して不幸になるから捨てられない。

このようにして私は、紙袋と写真に埋もれて生涯を終えるのだろう。

でも、幸せだからいいのである。

第六章　美しく歳を重ねる女性たちへ

年を取ると失うものが多くなる。それを受け入れつつも、心身のメンテナンスは続けよう。

美味《おい》しい記憶や楽しい思い出を振り返ると、いつもそこには愛する人たちとの交流があった。

どうしても譲れないもの以外は、思い切って手放す勇気を。

犬のおかげ

五十歳まで大病もせず生きて来た私の唯一の健康問題は、肥満であった。

一日中机に向かって絵を描き続ける職業である。おまけに根っからの運動嫌いで、美味しい物好き。これで太らないわけがないのだ。

五十三歳の時。体脂肪率三〇パーセントを、どうしても切ることができなくなり、これはやはり何とかせねばと思っていたところ、ある雑誌から、

「ダイエット合宿を体験しませんか？」

と企画を持ち込まれた。

もはや自力では無理だと観念していた私は、飛びついた。その合宿とは、次のようなものだった。

軽井沢《かるいざわ》の温泉ホテルに三泊四日し、その間、指導する先生とマンツーマンで過ごす。早朝六時に起き、ストレッチをした後一時間の散歩。朝食は、生姜《しょうが》のすりおろしに梅

干しと醤油《しょうゆ》を加え、番茶をかけたもの（梅醤《うめしょう》番茶というらしい）だけ。朝食後、ヨガ。休憩。昼食は、玄米オムスビ一個。これを一口百回嚙《か》んでから飲み込む。この、百回嚙むというのがミソで、百回嚙むうちに唾液《だえき》で玄米がスープ状になってしまう。しかも時間がかかるので、いつしか満腹感を覚えるのだ。午後は、温泉に入ったりして自由時間。夕方は再び散歩して、晩御飯となるのだが、再び玄米オムスビ、プラス味噌《みそ》汁《しる》、野菜、魚。就寝。

合宿は三泊だけだったので、終了直後体重計に乗ったところ一キロぐらいしか減っていなかった。しかし、大量に食べなくても空腹を感じない体に変化していたので、帰宅後もこれを続けてみることにした。

さすがに毎日合宿メニュー通りの生活はできないので、朝食の梅醤番茶と、主食を玄米に変えてよく嚙むこと、オカズも肉を避け魚と野菜中心にすること、この三点だけを取り入れた。

すると、二週間後から面白いように体重が落ちて行った。一か月後には合宿前に比べて、三キロも体重が落ちていた。

しかし、やがて朝食代わりの梅醤番茶に飽きて来た。そこで、フルーツのヨーグルトかけを追加した。

「お、美味しい……」

旬のフルーツにたっぷりヨーグルトをかけ、その上にさらにメープルシロップをたっぷりのせていただくのだ。醤油と梅干しの塩分をフルーツが中和してくれ、おまけにヨーグルトでカルシウムを補える完璧《かんぺき》なメニューだと私は思ったのだが、どうもフルーツの果糖とメープルシロップが良くなかったみたいだった。一向に体重が減らなくなってしまったのだ。

しかも、玄米御飯を続けてはいたものの、百回噛むのが面倒になって、せいぜい二十回ぐらいで飲み込むようになった。

加えて、スイーツも徐々に解禁し（指導者から厳禁されていた）、そうなると元の体重に戻るのは、時間の問題だった。

そのダイエット合宿から半年後、検診で私の左胸に乳がんが見つかった。

乳がんの原因は女性ホルモンにあると、以前本で読んだことがあった。出産経験の無い女性は生理が休止している期間が無いため、女性ホルモンが出ずっぱりとなる。そのため危険度が上がるのだ、と書かれていた。

しかし私は二人子供を出産している。なのに、なぜ？　私は担当医に尋ねた。すると医師は私の体を上から下までじっくり目で追ってから、おもむろに言ったのだった。

「脂肪が女性ホルモンと同じ作用をすることがあるのです。なので、肥満の人は、乳がんにかかる危険度が上がるのですよ」

やはり、肥満だったのだ。

そして、手術が無事終了した後も、再発防止のためにも、肥満にはくれぐれも気を付けるよう医師は私に釘《くぎ》を刺した。

その半年後、私は練馬《ねりま》から武蔵野《むさしの》市に引っ越した。新居は井《い》の頭《かしら》公園のすぐそばで、ウォーキングするにはもってこいである。けれど怠け者の私は相変わらず散歩することもなく、ゆるい食事制限だけの、自分を甘やかした日々を過ごしていた。

そんな私に転機が訪れたのは、五十六歳のことである。ふと立ち寄ったペットショップでコーギーの仔犬《こいぬ》に一目ぼれしてしまい、即座に飼うことにしたのだ。

大人になってから犬を飼うのは初めてだったが、子供の頃、田舎で雑種を庭で飼っていたことがあるので、まあ何とかなるだろうとタカをくくっていた。ところが、このイギリス犬種は、先祖は牧場で牛追いをしていた一族なのだ。

「毎日、朝夕二回のお散歩を欠かさないように」

ドッグトレーナーから言われた。そのぐらい運動をさせないとストレスがたまって無駄吠《ぼ》えしたり人に噛みついたりするというのだ。

一日二回の散歩なんて無理。私は後悔し始めた。しかし、キュンキュン鳴きながら私に体をこすりつけ甘える仔犬に、一大奮起した。

生後二か月で我が家に来たメスのコーギー。予防接種の終わった生後五か月ぐらいから朝夕二回の散歩を始めた。夏は日が高くなる前の午前六時台に行わないと暑くて無理。雨の日はレインコートを着せて歩かせる。台風の日も、風雨の弱まる時をねらって外に出た。朝夕の合計で、四キロは歩く。基本速足で、時々駆け足も入れて公園をウォーキングすると、夏はぐっしょり、冬でも汗ばむぐらい汗をかく。じつは私は運動で汗をかく経験がほとんどなかった。それが五十歳を過ぎて、運動で汗を流す快感にようやく目覚めたのである。

そうやって半年以上犬と散歩を続けた結果、

「痩《や》せましたね？」

会う人に必ず言われるようになったのだ。体脂肪率も下がり代わって筋肉量が増えたため、体重はさほど落ちていないが、見た目が引き締まったのだ。もちろんコレステロール値も下がり、骨密度も少しだが改善した。

「ワンちゃんのおかげね」

血液検査の結果を見た医師も、褒めてくれた。犬を飼うことによってさらに、健康面で別の良い効果が現れた。

私は、幸福になってしまったのだ。犬を撫《な》で抱きしめると、幸せな気持ちが体の奥底から、じわあっと湧き出て来る。ほわほわの温かな毛の中に指を突っ込んでギュッと抱きしめると、それだけでうっとりと幸せになってしまうのだ。自然と顔も微笑んでいる。多少のストレスは、あっという間に解消されるというもの。

このようにして、私は犬によって健康を保っているのだ。

美しく歳を重ねるためにもっとも必要なもの、それは、「愛」である

私が二十代の頃イメージしていたオバサン像とは、体形はずんぐりむっくり、髪の毛は短くパーマがかかり、流行から外れた服装を無頓着《むとんちゃく》に着ている四十～五十代の女性、であった。

ところが、今のその年代の女性たちの、何と若々しく洗練されていることか。そして、体形も維持されている。

生物は、老化する。人間は石や岩ではないので、必ず老いてゆく。それが、運命なのだ。

その宿命を受け入れた上で、なんとか見苦しくなく歳をとってゆきたいものだなあと、考えるのがエイジングではないだろうか。

「私は一生若いまま。きっと私って死なないのよ」

そんな考えにとらわれているとしか思えない中高年女性を目にすることがある。過

度の美容整形や、無理やりなギャルファッションを身にまとった彼女たちは、まるで不老不死信仰を教義とする新興宗教の信者のようだ。

生物としての活動エネルギーが衰えてくるのだから、しぼんで、たるんで、ぶよぶよとなるのは、どうしようもないのである。

基礎代謝が落ちるのだから、若い頃と同じように飲んだり食ったりしていれば、明らかに太ってくる。中年太りという言葉は、若い頃と同じような食事をとり続けている善男善女のためにある。疑うことなく素直に飲んだり食ったりし続けた結果であるのだから。

「若い頃と、同じようにホットケーキ三段重ねを食べて、はたしてよいものだろうか」

と、疑い深い心を持つ者は、性格は悪くなるが中年太りからは少し逃れられる。ぶよぶよの中年になりたくなければ、自分のとる食事について毎日考え続けなければいけない。それは、なまけ者にとって、とてもつらいことである。その上、考えた結果、大好きなホットケーキを食べずに我慢し続ける意志の力も持たなければならない。

こうなると、修行である。そして、それは死ぬまで続く。

私はなまけ者なので、放っておくと、あっという間にぶよぶよのデブになってしまう。

甘い物が大好きで、運動嫌い。暇があれば寝ていたい。なので当然、太る。

若い時分はそれでも、体重が危険値（私の場合は五十九キロ）を超えても数日食事を控えることで、標準値（五十七キロ）に戻すことができていた。

それが、四十代後半からは、どんなに食事制限をしても全然体重が落ちなくなってしまったのである。

しかも、食べ物を我慢する分リバウンドがひどく、悪循環にはまっていた。

久しぶりに会った元担当の男性編集者が太っていたので私は彼に言った。

「太ったわねえ」

「ええ。ボク、入社以来十三キロも太ったんですよ」

それが中年太りってやつよと、私は笑い、それから彼と並んで写真を撮った。出来上がった写真を見て驚いた。彼より私の方が太って写っていたのだ。体脂肪率三十二パーセントの中年女性の真実の姿が、正直に現れていた。

「本気でダイエットをしなくては」

その時私は、決意したのだ。

自力ではもはや無理だと悟ったので、某雑誌の企画にのっかってダイエット合宿に参加することにした。

それは、マクロビオティックを主体とした食事と運動による体質改善プログラムであった。

太陽とともに起き、一日二回の玄米食。あとは軽い運動、ストレッチなどである。

それを三泊四日体験した。

合宿終了後、体重は一キロしか落ちなかったが、私の中の意識が変わった。戻ってからも、玄米食と毎日のウォーキングを続けたのだ。すると、三か月で体重が四キロ落ちた。

たまにドカ食いをしても、リバウンドもなくすでに一年が経過している。

「若くなりましたね」

と、会うたび人から言われるので、大成功と言える。

が、しかし、ウォーキングをなまけると、とたんに腹周りに肉がつく。毎日三十～四十分、速足で歩いて、それでなんとか現状維持なのである。

漫画家にとって毎日四十分の時間のロスは、痛い。ましてや締め切り直前の二～三日は、十分も惜しいのである。

見苦しくなく歳をとるためには、頭を使うし、時間もかかるのだ。ある意味仕事すら犠牲にしなくてはいけない。

しかし、今ではそれらをつらい修行とは感じなくなった。

「時間はないけど、歩きたくてしょうがない」

「ファストフードでお昼をすませたら、夜はどうしても根菜類と玄米御飯を食べたくなったな」

つまり、体が自然と欲するようになったのである。

最初はつらい修行であったが、数か月するうちに、それらが「良い習慣」として体に馴染《なじ》んでしまったのだろう。

ホットケーキも一枚が限度で、それ以上食べると胸がやけて苦しくなってしまう。

食事が変わると、考え方にも影響が出てきた。なるべく自然にシンプルに健康的で清潔に生きていこうと、最近とみに思うようになってきた。仕事もまあ、そんなにガツガツしなくてもいいか。

欲張ってもしょうがない。大切なものが少しだけあればいい。でも、みっともないのや見苦しいのは嫌だな。というのが、現在の私の基本的姿勢である。

いっとき、悪あがきのように巻き髪にしたり睫毛《まつげ》エクステンションしたりしたが、今はショートボブで、睫毛も地毛。ただし髪の毛の艶《つや》とカラーリングにはこだわり、肌の保湿も怠りなく毎晩クリームを塗り込んでいる。

私の周囲で素敵な四十〜五十代女性は、例外なく食事に気をつけて、自分に似合うファッションを心得ている。

その二つを守るだけで、随分と違うのだ。

さらに、誰とも先入観や偏見を持たずにつきあえて、威張らず、卑下せず、作り笑いではない心からの笑顔で人と接することができる中高年であるなら、それはとても魅力的な女性である。若い者がかなうはずもない美しい人間なのだ。

肌や体形だけでなく、魂も若々しく保ちたいと思うなら、好奇心と向上心をずっと持ち続けることである。

何かがもうちょっとうまくできるかもしれないと考えると、明日が楽しみになってくる。それは、手芸でもいいし、俳句でも、ゴルフでも。

ひとつの事に興味を持ったなら、とことん調べつくすのも、楽しい。韓流《はんりゅう》ドラマが好きなら韓国の歴史を調べたり日韓の関係について掘り下げて考えてみてはどうだろう。人は知識を増やすことによって、より謙虚になれる生き物だと、私は考えている。

考えたり、工夫したりするとき、脳は活発に活動する。私は、絵を描く職業であるが、単純そうに見えて、作画中は猛烈に脳を使っている。黙って描いているが頭の中は言葉がいっぱいで絶えず画と対話しているのだ。たとえば、

「しまった、この線はもっと太くすべきだった」

「この角度からは、こんな風に建物は見えないはずだ」

などなど。

漫画を一本描くと、頭がとても疲れるなあと思っていたら、やっぱり画を描くことは、とても脳を使う作業であったのだ。

なので、絵を描く、楽器を弾く、草花の世話をするなどは、脳にとって良い訓練になるのではないかと思う。

そして最後に、美しく歳を重ねるために、もっとも必要なもの、それは、「愛」である。

家族への愛。ペットへの愛。友人への愛。

愛する者に愛情を注ぐとき、人はもっとも美しい表情を浮かべるのだ。

「ぼうぜ」も知らないの？

故郷徳島の味と言えば、「魚」が思いつく。

幼少期近所の魚屋さんに、母にくっついて行っていた。店先に並んだ魚を、奥の調理場でさばく。頭を落とし腹を割き、三枚におろす。血が飛び散るたびに、調理人が甕《かめ》に溜《た》めてある水を柄杓《ひしゃく》ですくってまな板にざっと流す。その鮮やかな手際を、いつもうっとりと眺めていた。

「よこの刺身」を母はよく買っていた。徳島では、マグロの稚魚のことを「よこ」と呼ぶのだ。赤身よりは脂がのっていて甘く、厚身に切ってスダチをかけ濃い口醤油《しょうゆ》でいただく。私の子供時代、刺身といえば、この「よこの刺身」だった。中トロなどは、上京するまで食べたことが無かった。

「徳島といえば、鯛《たい》でしょう？」とよく言われるが、春先の旬の時期しか鯛の刺身が食卓に並ぶことはなかった。

その代わり夏場は「カツオのたたき」がよく出された。カツオと言えば、お隣高知県の名物であるが、我が家でも頻繁に食べていた記憶がある。

厚めにスライスしたカツオの上に、ネギ、生姜《しょうが》、ニンニクのみじん切りを載せ、たれをかけてから混ぜ合わせて食べるのである。このたたきに関しては、スダチをかけていなかった。たれ自体に酢が入っていたからだろう。


徳島の名物料理に「ぼうぜ寿司」というのがある。頭をつけたまま腹を割いて開いた「ぼうぜ」が丸々一匹酢飯の上に載っている寿司だ。薄くスライスされたスダチが魚の上に添えられている。

子供の舌には、それほど美味《おい》しいものには思えなかった。それでも徳島では人気らしく、お祭りの日には必ず「ぼうぜ寿司」だったし、日常でもスーパーに並んでいた。

ところが結婚して夫にこの料理について話すと、

「ぼうぜって何？」

と聞くではないか。

私は、呆《あき》れた。

「ぼうぜも知らないの？　寿司だけじゃなく煮つけとか、塩焼きとか、しょっちゅう食べるでしょう？」

しかし、知らなかったのは私の方だった。徳島以外では、ぼうぜはイボダイと呼ばれていたのだ。

先ごろ帰省した時、デパートの地下で見つけ、数十年ぶりに「ぼうぜ寿司」を買って食べてみた。味は昔食べた時と同じだったが、私にとって徳島にしかない味だと郷愁に浸れる貴重な料理なのだ。

漫画修業が料理修業に

二十歳まで私はほとんど料理をしたことがなかった。

十八歳で上京し一人暮らしを始めたが、驚くほど簡単な料理しかできなかった。

唯一の得意料理はコンビーフとキャベツの油炒《あぶらいた》めマヨネーズかけだった。御飯にもパンにも合うため、週に一度は作っていた。

そんな私に転機が訪れたのは、弘兼憲史のアシスタントを始めた大学三年の夏のことだった。当時私は大学の漫研に所属していたもののただのド素人で、そのあまりの絵の下手さに先生は、

「キミ、絵はもういいから御飯を作って」

と私に告げた。しかし、私は料理も苦手だ。

「料理、できません」

「わかった。じゃあ、俺が教えるから」

そうして私の料理修業が始まったのである。

かんぴょうを煮ることから始める巻きずし。魚の三枚おろし。はらわたを抜き薄皮を剝《は》いで作るイカ刺し。

「墨袋を傷つけないように。でないと墨が飛び散る」

「はい、先生」

私は弘兼憲史から漫画よりもずっと多く、料理について学んだと断言できるのだ。

弘兼の母の実家は、山口県下関市《しものせき》にある阿川《あがわ》漁港近くの網元だった。子供の頃から魚には慣れていたのだろう。

そののち弘兼と結婚し、彼の両親と同居するようになった。実家からたまに活《い》きのいい鮮魚が送られてくると、姑《しゅうとめ》は見事な包丁さばきで、刺身、焼き身、あらのお吸い物を食卓に並べた。そんな時、私はただ見ているだけだった。下手に手を出すと切り口ギザギザの不味《まず》い刺身になるとわかっていたから。

そんな私でも子供が小さい頃には魚屋で買ってきた丸ごと一匹をウロコ取りから始めて三枚におろしたりしていた。

しかし子供たちが独立した後は、それすらしなくなっていた。

ところが数年前、四国の友人が釣りたての鯛をクール便で送ってくれた。たまたま家にいた娘と二人で刺身にしようと格闘したのだが、我が家には刺身包丁が見当たらない。そこで肉切り包丁で無理やりさばいたら、案の定ボロボロの刺身となってしまった。

「お母さん、ウチの包丁切れなすぎ」

娘に呆れかえられた。幼い頃見た祖母の包丁さばきを思い出していたに違いない。

その翌年の母の日、娘からのプレゼントは立派な柳刃包丁だった。

昼は毎日うどんでいい

一番好きな食べ物は何ですかと聞かれると、選びきれずに適当に答えてしまうことが多い。しかし毎日食べても飽きない食べ物は？ と聞かれれば、

「うどん！」

と私は即答できる。

故郷徳島は、うどん屋がとにかく多い。今でこそ徳島ラーメンが人気であるが、私が子供時分にはそれほど店舗もなく、蕎麦屋《そばや》にいたっては一軒しか記憶に無い。

その代わり町内の角々には必ず、お好み焼き屋からうどん屋があった。

四国のうどんと言えば、お隣香川県の讃岐《さぬき》うどんが有名である。が、徳島のうどんは香川とは違ってぶっかけではなく、ワカメや天かすをトッピングした澄んだ出汁のかけうどんが一般的だった。

私が通った高校では、学食のメニューがうどんのみだった。甘く煮た油揚げが載っている「きつねうどん」か、天かすがパラパラと振りかけられた「たぬきうどん」。この二種類しか選択肢が無かったのである。

けれど私はそのことに何の不満も無かった。毎日食べても、

「美味《おい》しい！」

と飽きることはなかった。

上京して驚いたのが、うどんの汁が真っ黒なことである。しかも麺《めん》もふにゃふにゃしてコシが無い。

「こんなの、うどんではない」

私は強く拒否した。しかも、東京にはうどん屋が無く、あるのは蕎麦屋ばかりだった。蕎麦屋のメニューに「うどんもあります」と小さく書かれている程度の存在の薄さなのだった。そのため私は、四国のメーカーが販売している冷凍讃岐うどんをストックすることにした。それは今でも続いている。

我が家の冬は鍋《なべ》が多いので、翌日の昼はその鍋の残りに冷凍讃岐うどんを凍ったまままぶっこんで煮こみにする。手軽だし、とても美味しい。前夜の鍋の出汁が出ている

ので、塩少々と柚子《ゆず》胡椒《こしょう》だけで充分美味しい。温まってお腹《なか》いっぱいになるのだ。

夏は、冷やしざるうどんにする。徳島では冷たいうどんを、スダチを垂らしたつゆに付けて食べる人が多いのだ。

高校の学食以来、昼はうどんが私の定番である。死ぬまで昼は毎日うどんでも構わないと、四十年たった今でも胸を張って言えるのだ。

学生時代以来の自由。いま思えば、それが五十代でした

私が五十歳になった時まず思ったことは、
「もう、子供のことは放っておいていいだろう」
だ。その年、下の子供が二十歳を迎えたのだ。まだ自宅通学の大学生だったが、朝起こすこともお弁当作りも卒業することにした。

毎朝子供の準備をしなくて済むということは、好きなだけ夜更かしや夜遊びができるということだ。小旅行も可能である。それまでは仕事の出張は仕方ないとして、意外と生真面目な私は自分の気晴らしの旅行は気が引けてできなかった。そこで私は五十になってすぐの時期、子育て期間中我慢していた女友達との旅行や会食にいそしんだのである。

あれほど自由を楽しんだのは、学生時代以来だったと思う。それと、歳を重ねると女友達のチョイスが手早くできるようになった。目的（会食、旅行、観劇など）に応

じてベストな友人を呼び出すのだ。人生の経験値に基づいて最適なチョイスをする。これは、気が合わないのに親友ぶりっ子する若い娘にはできない芸当である（五十過ぎて親友だからすべて分かり合えなけりゃ嫌という幼稚な友達観は、無いでしょう）。

友人たちと思いっきり遊んだ次に、私は、

「今までやりたいと思った事に、足腰のたつ五十代のうちに挑戦してみよう」

と思い立った。

四十九歳で運転免許を習得したのを皮切りに、私が五十代で初チャレンジしたものは、ホットヨガ、俳句、英会話、犬を飼う、まつげエクステ、などである。

ところが今現在私の身に付いた（続いている）ものは、運転と犬だけである。

ホットヨガは三年ぐらい続けたが、歳を重ねるにつれ体力がついて行かず、離脱する。

俳句は一年間通信添削で学んだものの、自分の限界を知り、挫折《ざせつ》。

友人から借りた聞き流すだけの英会話教材も根気が続かず、結局半年で持ち主に返してしまった。

まつげエクステは、うつ伏せで眠れず、また思いっきり顔を洗えない不自由さからこれも脱落したのである。

それでも、好奇心の赴くままに五十代のうちに色んなことを体験したのは良かったと思っている。六十になると、新しい事への挑戦が本当に億劫《おっくう》になってくるのだ。そのことを、私は切実に感じている。

「還暦記念に、ピアスを開けよう」

と、六十歳の誕生日に私は決心したのだが、じつはまだ開けていない。

出演依頼を受けて、ワイドショーのコメンテーターの仕事をしたのも五十代の一時期である。「テレビに出れば、本の宣伝になるかも」と思ったからだ。けれど、結局私はテレビに向かないとはっきりわかったので、一年で辞めた。しかしそれも体験したからこそわかった事。キャスターやアナウンサーの仕事ぶりを間近に見ることができたのは勉強になったし、そういったプロの方にテレビは任せるべきだと悟ることができたのは、いい経験だった。

そして思うに、それ以外の私の続かなかった趣味も、同様なのだ。俳句は、歳時記を暗記することが苦でない人が続ければいいし、英会話は外国語でコミュニケーション取るのが楽しくて仕方無い人が習えばいいのだ。ヨガもエクステも、まあ無くてもいいか。

続かなかった趣味は、それらが私にとっては切実では無かった、というだけのことなのだ。それもまた、体験しなくては気づけなかったことでもある。

というわけで、読者の皆様には、五十代のうちにやりたいと思ったことはなんでもやってみることをお薦めします。

私の現在の生活は、五十六歳の時に飼い始めたコーギーを中心に回っている。これこそが、私が五十代で始めた新しい習慣の中で、最大の収穫と言える。

朝夕二回の犬の散歩は、私に健康と規則正しい生活をもたらしてくれた。なにより、愛犬の可愛らしさに、心の底から愛情がふつふつと湧いてくる。子育てが終わった五十代。ホッとはしたものの、寂しさもあった。それを十二分に埋め合わせてくれたのが犬の存在だった。私は、何かに愛情を注いでいないと寂しくてたまらない人間なんだと気づかせてくれたのも、愛犬リンコなのである。

五十代であっちこっちに手を伸ばし、その結果私は「逃れられない自分のサガ」に気づいた。

如実に体力・気力が衰えてゆく六十代以降。もはや無駄なものに費やす時間は、無い。

「これだけは手放せない」

そう心底感じるものだけを手元に置くしかないのだ。その「これだけ」を探すために、試行錯誤する。それが、五十代なのではないだろうか。もはやピンヒールは履けないし、サシの入った牛肉も食べられない。でもそれを残念だとも悔しいとも思わない。なぜならそれらは私にとっての「これだけは譲れない」ものではないと、はっきりわかったから。

五十代に一緒に遊んだ女友達とは今でも交流を続けている。多分、一生このメンツで遊ぶだろう。

文庫版　あとがき

十四歳の頃、私は夜空を見上げて、

「二十一世紀（二〇〇一年）には、私は四十四歳か。四十代の自分なんて想像もつかないけど、…嫌だなあ」

ふと、そんな風に感じたのでした。

ところが四十代なんてとっくに飛び越え、五十代もあっという間に過ぎ、現在私は六十代です。

十代の頃と比べて、「嫌だなあ」と思うことももちろん多々あります。体のあちこちは痛いし、記憶力は落ち、皮膚の皺《しわ》やたるみもひどいものです。けれど不思議なもので、気持ちは今の方がずっと楽なのです。それはつまり、経験を積むと、

「人生全て、プラマイ・ゼロ」

ということを実感するからではないかと、そんな風に考えています。

若い頃は、持って生まれた美貌《びぼう》の持ち主や、金持ち・名士の子供の方が圧倒的に有利です。クラスの男子にチヤホヤされる美人の友人が、私は羨《うらや》ましくてたまりませんでした。毎年夏休みをハワイで過ごす金持ちの家の子供も妬《ねた》みの対象でした。

ところがそばで観察してみると、美人は嫌いな男からもしつこく言い寄られ、それを邪険にすると逆恨みを買ったりします。そんな気苦労の無かった私の人生はむしろ恵まれていた方なのではないか？　そんな風に気づき始めたのです。

また、金持ちは油断するとあっという間に没落します。加えて子供の頃に贅沢《ぜいたく》を味わった人間が大人になってから生活レベルを下げるのは大変な苦労だと、よく聞きます。その点においても、四国の田舎で質素な子供時代を過ごせたことを私は感謝せねば、という気になりました。

三十代、四十代はまだ生臭い部分もあり、玉の輿《こし》婚をした友人に嫉妬《しっと》を感じたり、仕事で成功した同業者に心をかき乱されたりもしました。しかし、何かを手に入れた人間は、必ず何かを手放しているのです。寝る間を惜しんで働いている成功者は、夕食後テレビを見ながらゴロゴロする安らぎを手放しています。金とルックスを備えている男と結婚したとしても、そのような男はほぼ間違いなく浮気します（これも私の経験則）。このような結婚では、愛と信頼に満ちた夫婦関係は放棄しなくてはなりません。

四十代までは、同窓会に出ると自分とは異なった環境で生きている友人の方が幸せに見えたりします。子育てのために仕事を辞めて家庭に入った女性は、社会に関わって生きる独身キャリアウーマンの方が人生を楽しんでいると思いがちです。彼女たちは自分の稼いだお金で海外のバカンスを楽しむことができますし。

一方、未婚のキャリアウーマンの方は子供を何人も産む女性にどこか引け目を感じて、

「老後はひとりぼっちだわ」

と落ち込んだりします。

それが、六十を迎えると、そういう隣の芝生は青く見えるという現象が薄れてくるのです。

子供たちはそれぞれパートナーを見つけ、あるいは仕事を優先して親のことなんか見向きもしなくなります。子供はいてもいなくても、老後はひとりであることに変わりはないのです。たまに親孝行な子供は親に金銭援助をしてくれますが、それもあてにはなりません。

六十代以降の同窓会では、子供がいてもいなくても、仕事をしていてもしていなく

ても、

「プラマイ・ゼロだね」

と互いに本心から語り合えるのです。

立場や境遇は違ってもお互いの人生を尊重しあい、本音で語れる同年代の友人がいること。それが、五十代以降の女性の幸せの条件ではないでしょうか？


最近、キレやすい老人がよく話題になります。クレーマーや、ゴミ屋敷の住人となって周囲から疎んじられる高齢者も少なくありません。これは老化により感情をコントロールする前頭葉の働きが衰えることが、大きな要因だそうです。つまり、自然のままに老いてゆくと誰でもキレやすくなるということです。

なので、これからの私の目標は努力して「愛される老人になろう」です。

過去を自慢も卑下もせず、出しゃばらず、若い人たちをそっとフォローして、決して怒らず、友人に見捨てられることのない、そういう老人に私はなりたい。


そうです、やっぱり愛なんです。

今回文庫化にあたり、KADOKAWA文芸・ノンフィクション局の岸本亜紀さんに大きなお力添えをいただいたこと感謝します。

柴門ふみ

二〇一八年一月

本書は２０１３年10月に『そうだ、やっぱり愛なんだ――50歳からの幸福論』（海竜社）として刊行された作品を加筆修正したものです。
第六章には左記の文章を加筆修正した上で新たに収録しました。

「犬のおかげ」 『ヘルシスト』２２９（15年1月号）ヤクルト本社　文藝春秋
「美しく歳を重ねるためにもっとも必要なもの、それは、『愛』である。」 『Knovaria』朝日新聞出版
「『ぼうぜ』も知らないの？」 『読売新聞日曜版「味な話（1）」』（17年9月3日）
「漫画修業が料理修業に」 『読売新聞日曜版「味な話（2）」』（17年9月10日）
「昼は毎日うどんでいい」 『読売新聞日曜版「味な話（3）」』（17年9月17日）
「学生時代以来の自由。いま思えば、それが50代でした」 『月刊ＨＥＲＳ』（18年1月号）光文社

「文庫版　あとがき」は本書のための書き下ろしです。

そうだ、やっぱり愛《あい》なんだ

50歳《さい》からの幸福論《こうふくろん》

柴門《さいもん》ふみ

平成30年 1月25日　初版発行
令和5年 10月20日　4版発行

発行者●山下直久

発行●株式会社KADOKAWA
〒102-8177　東京都千代田区富士見2-13-3
電話　0570-002-301（ナビダイヤル）

角川文庫 20742

印刷所●株式会社KADOKAWA
製本所●株式会社KADOKAWA

表紙画●和田三造

●お問い合わせ
https://www.kadokawa.co.jp/（「お問い合わせ」へお進みください）
※内容によっては、お答えできない場合があります。
※サポートは日本国内のみとさせていただきます。
※Japanese text only

ISBN978-4-04-106158-9　C0195

角川文庫発刊に際して

角川源義

第二次世界大戦の敗北は、軍事力の敗北であった以上に、私たちの若い文化力の敗退であった。私たちの文化が戦争に対して如何に無力であり、単なるあだ花に過ぎなかったかを、私たちは身を以て体験し痛感した。西洋近代文化の摂取にとって、明治以後八十年の歳月は決して短かすぎたとは言えない。にもかかわらず、近代文化の伝統を確立し、自由な批判と柔軟な良識に富む文化層として自らを形成することに私たちは失敗して来た。そしてこれは、各層への文化の普及滲透を任務とする出版人の責任でもあった。

一九四五年以来、私たちは再び振出しに戻り、第一歩から踏み出すことを余儀なくされた。これは大きな不幸ではあるが、反面、これまでの混沌・未熟・歪曲の中にあった我が国の文化に秩序と確たる基礎を齎らすためには絶好の機会でもある。角川書店は、このような祖国の文化的危機にあたり、微力をも顧みず再建の礎石たるべき抱負と決意とをもって出発したが、ここに創立以来の念願を果すべく角川文庫を発刊する。これまで刊行されたあらゆる全集叢書文庫類の長所と短所とを検討し、古今東西の不朽の典籍を、良心的編集のもとに、廉価に、そして書架にふさわしい美本として、多くのひとびとに提供しようとする。しかし私たちは徒らに百科全書的な知識のジレッタントを作ることを目的とせず、あくまで祖国の文化に秩序と再建への道を示し、この文庫を角川書店の栄ある事業として、今後永久に継続発展せしめ、学芸と教養との殿堂として大成せんことを期したい。多くの読書子の愛情ある忠言と支持とによって、この希望と抱負とを完遂せしめられんことを願う。

一九四九年五月三日

角川文庫ベストセラー

愛情生活　荒木陽子

「彼は私の中に眠っていた、私が大好きな私、を掘り起してくれた」。天才写真家、荒木経惟の妻、陽子。クレージーで淋しがりで繊細な二人の、センチメンタルな愛の日々を綴るエッセイ。解説・江國香織

きみが住む星　池澤夏樹　写真／エルンスト・ハース

成層圏の空を見たとき、ぼくはこの星が好きだと思った。ここがきみが住む星だから。他の星にはきみがいない。鮮やかな異国の風景、出逢った愉快な人々、恋人に伝えたい想いを、絵はがきの形で。

いつか春の日のどっかの町へ　大槻ケンヂ

一進一退の四十の手習いが胸を打つ。楽器など手にしたことのなかった男が、ギター弾き語りの練習を始め、ついには単独ライブに挑戦。どこからでもいつからでも人は挑戦できる、オーケンの奮闘私小説。

アンネ・フランクの記憶　小川洋子

十代のはじめ『アンネの日記』に心ゆさぶられ、作家への道を志した小川洋子が、アンネの心の内側にふれ、極限におかれた人間の葛藤、尊厳、信頼、愛の形を浮き彫りにした感動のノンフィクション。

偶然の祝福　小川洋子

見覚えのない弟にとりつかれてしまう女性作家、夫への不信がぬぐえない妻と幼子、失踪者についつい引き込まれていく私……心に小さな空洞を抱える私たちの、愛と再生の物語。

角川文庫ベストセラー

愛がなんだ　角田光代

ＯＬのテルコはマモちゃんにベタ惚れだ。彼から電話があれば仕事中に長電話、デートとなれば即退社。全てがマモちゃん最優先で会社もクビ寸前。濃密な筆致で綴られる、全力疾走片思い小説。

恋をしよう。夢をみよう。旅にでよう。　角田光代

「褒め男」にくらっときたことありますか？　褒め方に下心がなく、しかし自分は特別だと錯覚させる。ついに遭遇した褒め男の言葉に私は……ゆるゆると語り合っているうちに元気になれる、傑作エッセイ集。

今日も一日きみを見てた　角田光代

最初は戸惑いながら、愛猫トトの行動のいちいちに目をみはり、感動し、次第にトトのいない生活なんて考えられなくなっていく著者。愛猫家必読の極上エッセイ。猫短篇小説とフルカラーの写真も多数収録！

つれづれノート　1～20　銀色夏生

家族を思い、空を見上げ、友とおしゃべりに興じる。そんな何気ない日常のなかにも、かけがえのない一瞬の煌めきが宿っている。詩人・銀色夏生がライフワークとして綴る、大人気日常エッセイ・シリーズ。

今を生きやすく　つれづれノート言葉集　銀色夏生

長年あつい支持を得る「つれづれノート」シリーズ。その25冊刊行を記念して、著者自らが全巻を振り返り、「今を生きやすく」する言葉をピックアップ！「つれづれ」ファンにも、初めて読む方にもお奨め！

角川文庫ベストセラー

これもすべて同じ一日　銀色夏生

私が私の願いをみつめているように、あなたがあなたの願いをみつめてると、信じることができれば、それこそがたったひとつの私の愛の形。つるっと可愛い心に、サラッと涼しい体に、ほほ染めて純情詩集。

おひとりさまのはつらつ人生手帖　岸本葉子

体、食、保険、お金、住、モノ、情報、人間関係――。はつらつと人生を楽しむためにしておきたいことを八つのテーマで綴る、しなやか生活提案エッセイ。がんばりすぎない生活のヒントがきっと見つかる！

女の旅じたく　岸本葉子

重い旅行鞄を持ち歩くのは嫌だけど、仕事道具も身だしなみも寛ぎアイテムも省けない。そんな女性ならではの葛藤や工夫がたっぷり詰まった、旅と旅じたくの超実用的エッセイ。あなたの鞄も軽くしませんか？

ちょっと早めの老い支度　岸本葉子

老いなんてまだ早いと思っているけれど、心の中ではちょっと気になる人へ。いまの女子力はキープしつつ、健康やお金など、来るべき日々に備える少しの心構えを著者の実体験で綴る、等身大のエッセイ。

板谷バカ三代　ゲッツ板谷　絵／西原理恵子

バカの「黒帯」だけで構成されている板谷家。その中でも、ばあさん、ケンちゃん（父）、セージ（弟）のゴールデンラインは核兵器級のバカ……横隔膜破裂必至の爆笑コラム集！

角川文庫ベストセラー

やっぱし板谷バカ三代　ゲッツ板谷　絵／西原理恵子

郊外の住宅地、立川。この地に伝説のバカ家族、板谷家あり。日本国民を驚愕させた名著『板谷バカ三代』の続編降臨！　日本経済と足並みを揃えるかのごとく、ここ数年板谷家は存続の危機に陥っていたのだが。

こんな女もいる　佐藤愛子

「自分は全然わるくないのに、男のせいで、こんなに苦しめられている……」女は被害者意識が強すぎる。失恋が何ですか。心の痛手が貴女の人生を豊かにするのです。痛快、愛子女史の人生論エッセイ。

こんな老い方もある　佐藤愛子

人間、どんなに頑張ってもやがては老いて枯れるもの。どんな事態になろうとも悪あがきせずに、ありのままに運命を受け入れて、上手にゆこうではありませんか。美しく歳を重ねて生きるためのヒント満載。

ほのエロ記　酒井順子

行ってきましたポルノ映画館、SM喫茶、ストリップ、見てきましたチアガール、コスプレ、エログッズ見本市などなど……ほのかな、ほのぼのとしたエロの現場に潜入し、日本人が感じるエロの本質に迫る！

下に見る人　酒井順子

人が集えば必ず生まれる序列に区別、差別にいじめ。時代で被害者像と加害者像は変化しても「人を下に見たい」という欲求が必ずそこにはある。自らの体験と差別的感情を露わにし、社会の闇と人間の本音を暴く。

角川文庫ベストセラー

いけちゃんとぼく　西原理恵子

ある日、ぼくはいけちゃんに出会った。いけちゃんはいつもぼくのことを見てくれて、落ち込んでるとなぐさめてくれる。そんないけちゃんがぼくは大好きで……不思議な生き物・いけちゃんと少年の心の交流。

ああ息子　西原理恵子＋母さんズ

耳を疑うような爆笑エピソードの数々。でもみんな、本当にあった息子の話なんです――!!　息子の「あちゃちゃ」なエピソードに共感の声続々！　育児中のママ必携の、愛溢れる涙と笑いのコミックエッセイ。

ああ娘　西原理恵子＋父さん母さんズ

ほっこりすること、愛らしいこと――娘をもつ親ならきっとみんな〝あるある！〟と頷いてしまうこと間違いなしの、笑いと涙の育児コミックエッセイ。息子とは違う「女」としての生態が赤裸々に！

週末カミング　柴崎友香

週末に出逢った人たち。思いがけずたどりついた場所。いつもの日常が愛おしく輝く8つの物語。『春の庭』で第151回芥川賞を受賞。一瞬の輝きを見つめる珠玉の短編集。

ジョゼと虎と魚たち　田辺聖子

車椅子がないと動けない人形のようなジョゼと、管理人の恒夫。どこかあやうく、不思議にエロティックな関係を描く表題作のほか、さまざまな愛と別れを描いた短篇八篇を収録した、珠玉の作品集。

角川文庫ベストセラー

本日は大安なり　辻村深月

企みを胸に秘めた美人双子姉妹、プランナーを困らせるクレーマー新婦、新婦に重大な事実を告げられないまま、結婚式当日を迎えた新郎……。人気結婚式場の一日を舞台に人生の悲喜こもごもをすくい取る。

水木サンの幸福論　水木しげる

水木サンが幸福に生きるために実践している7か条や、水木サンの兄弟との鼎談など、盛りだくさんの内容で水木しげるのすべてがわかる。水木サンの幸福人生の秘密が集約されたファン必携の一冊！

欲と収納　群ようこ

欲に流されれば、物あふれる。とかく収納はままならない。母の大量の着物、捨てられないテーブルの脚に、すぐ落下するスポンジ入れ。家の中には「収まらない」ものばかり。整理整頓エッセイ。

老いと収納　群ようこ

マンションの修繕に伴い、不要品の整理を決めた。壊れた物干しやラジカセ、重すぎる掃除機。物のない暮らしには憧れる。でも「あったら便利」もやめられない。老いに向かう整理の日々を綴るエッセイ集！

「ドリームタイム」の智慧　あなたらしく幸せに、心豊かに生きる　ウィリアム・レーネン　吉本ばなな　伊藤仁彦＝訳

恋愛、仕事、子育て、同性愛、スピリットワールドなどについて、自分にも他人にも嘘のない人だけが行けるドリームタイムで教えてもらったスピリチュアルな智慧を紹介。吉本ばななさんが聞く幸せへのヒント！